秦巴子★著

我們熱愛女明星

認識大陸作家系列

目次

第一輯　時尚

第二輯　書酷

第三輯　閒情

第四輯　他者

第一輯

時

尚

婚紗攝影

　　三十多年前，著名的女權主義者蘇珊·桑塔格說道：「儘管照片上顯示的事物可能並不真實，但人們總愛設想現實中一定存在著照片上拍攝的東西。」進影樓拍婚紗照的男女（主要是女人的要求）大約也是想讓自己像照片一樣美麗，並且要把人生中這個美妙的時刻長久地留下來，但是當她和他拿到照片的時候，卻已經不認識自己了。如果不是更美，那就是更醜，總之，她和他留下了一個並不真實的美妙瞬間。

　　我的一位同事，在捧著那套花了一千多元的影集時，那幾乎要哭出來的樣子，看了真是讓人可憐。我只好勸她：也許再過個三、五十年，它再被人們看見的時候，就會變得真實起來。我的意思是，等它變成「老照片」的時候，就有了歷史的真實，就像我們今天看到的二、三十年代的美人照，那是一個時代的時尚記錄。這正應了蘇珊的另一句話：「照片的另一個用途是可以被看作是能證明特定事物曾經發生過的鐵證。」譬如到此一遊式的天安門前留個影之類，婚紗攝影可以讓人們回憶起自己曾經生活過的年代——一種時尚的物證，但這已經偏離了初衷：她和他只想為自己的生活留下點美好的記憶，並不想為一個時代的時尚提供插圖。

　　但是，很不幸，它實際上只是一個插圖。

　　作為插圖，它的製作過程也許會是記憶更為深刻的一種經歷。從畫妝、試衣到出外景，大概需要承受被人擺弄兩到三天的

木偶生涯，如果你不具有一個演技派演員的本領，那你就只好做一個傻瓜，我們在大多數的婚紗照上所看到的就是這種幸福而又僵硬的傻瓜似的笑容。在今天，如果天氣不是太壞，我們在公園裏就能看到這種由新娘新郎和一群穿著印有影樓標誌的工作服的人所搬演的滑稽戲——他們正在為我們的時代現場繪製漫畫式的插圖。

一個年代的時尚插圖，並非靈感降臨時的即興創作，雖然時尚在本質上是非理性的，但卻與生命的激情無關，就像病毒性感冒一樣，打噴嚏流眼淚都不是感動的表示，而是一種流行病。回到蘇珊・桑塔格的話上來，「但人們總愛設想現實中一定存在著照片上拍攝的東西。」照片記錄下了打噴嚏流眼淚的那一個瞬間，激動的樣子是那麼真實，我們所看到的婚紗照就是這麼回事兒。如果每一家都保存有一套這樣的東西，那麼，三、五十年之後，人們看到它們的時候就會說：那是一個感冒流行的年代。那大概和我們在今天看到三十年前的人懷抱「紅寶書」的照片時的心情差不了多少。

「攝影能證明一個人的經歷，但也能否定它——把經歷轉變成為一張照片，一個紀念品而已。」作為批評家的蘇珊・桑塔格是夠理性的，但是作為世界著名的女權主義者，如果她看到我們今天的青年女性，在毫無個性的婚紗影樓裏，像個木偶似地交出自己人生中最感美妙的時刻，任那些自以為是的傢伙隨意塗抹，她大約只能做個欲哭無淚的樣子給人看了。事實上，婚紗攝影作為一個年代的時尚插圖，在一開始就被漫畫化了，是對嘗試「在照片中縱慾」的諷刺與幽默。

減肥運動

在這個以瘦為美的年代裏，減肥已經成了一種群眾運動——幸虧這只是身體運動，如果是社會意識形態運動，那我們大家就慘透了。在今天，如果你斗膽和一位稍顯豐腴的婦女（理智尚不健全的小女孩就算了）談談瘦身之美，她一定自卑得要死。關於肥胖的種種危言聳聽的說法，早就已經深入人心，尤其是深入婦女之心，所以她就不僅是自卑的要死，甚至恐懼得要命了。

但我以為，這實在是庸人自擾，是自尋煩惱。胖又怎樣？

然而，陷身於一場聲勢浩大的運動之中的群眾們，早就懶得用腦子去思考了。處於非理性情勢中的人們，通常是用身體（尤其是用肥胖的身體）去思考的，更何況傳媒鋪天蓋地的勸誘、引導、蠱惑和挾迫不絕於耳，即便是有一點點懷疑精神的人，在這種壓力下也只好轉而懷疑自己了。這些主體性喪失、判斷力模糊、控制力失效的人們集合在一起，像病毒一樣互相感染著，造就了一場聲勢浩大的全球性的減肥運動。在今天，減肥，意味著健美——健康和美，婦女們恨不得一夜之間就變成瘦骨嶙峋的衣裳架子，以便找到合身的時裝。全球性的減肥產業的迅猛發展正是得益於此，由此創造的就業機會足以製造一個像法國這樣的發達國家，甚至還不止於此。如果把它所帶動的相關產業也包括進去，減肥運動對於全球經濟的貢獻簡直不可估量。加速流轉的歡快的鈔票，反過來更加有力地加劇著轟轟烈烈的減肥運動，如此情勢，幾乎趕上六〇年代全球性的左翼革命運動了。

如此情勢，誰還願意做一個特立獨行的胖子呢？

被稱為「習性學之父」的康拉德・洛倫茨對集群行為素有研究，他在《文明人類的八大罪狀》中寫道：「抗拒群體就意味著對群體意願的背叛，也意味著自己將成為孤立者，這對於從屬於一個群體的成員來說，是誰也不希望的，因為孤立極易受到群體其他成員各種形式的攻擊或排擠。」在這場聲勢浩大的減肥運動中，一個胖子是自慚形穢的，她所感受到的壓力不僅來自社會，所謂的攻擊與排擠更來自自己的內心；痛苦的不僅是買不到合身的衣服，更在於找不到安置自己身體的恰當去處——唯一的去處也許就是減肥中心，處身於一群同樣為此而苦惱的胖子中間，她所得到的安慰將是雙重的。我知道許多婦女當前的頭等大事就是減肥，當我看到她們被形形色色的減肥療法折磨得精疲力盡的時候，我真希望時光倒轉回到唐朝。

然而，減肥運動所暴露出來的人性的弱點，卻讓我感到我所生存的世紀遠非一個理性的年代，潛伏在其中的危險，足以讓我們再次想起一個提醒的聲音：「人們啊，你要警惕！」雖然尚可慶幸的是這只是一種身體運動，而不是一場社會意識形態運動，但我仍然希望有一些不為所動的胖子，大搖大擺地來到正在「運動」著的人群之中，這樣的特立獨行的胖子的出現，或者能給我們的時代帶來一些必要的安全感。

「每人出名五分鐘」

　　在我們當下這個傳媒時代裏，能否出名和每個人的生活息息相關，名望即權力，與此關聯緊密的當然是經濟利益。這方面最有說服力的例證就是好萊塢的明星制。明星們讓曾經一言九鼎的製片人成了微不足道的打工者，導演的地位也相應地下降——除非你是和明星一樣出名的導演，否則充其量只是個高級打工。作為一個頗有爭議的藝術家，安迪‧沃霍早在四十年前就明白了這個道理，這個從湯頭罐頭包裝盒起家的「藝術家」，顯然深明時尚之大義並且精於在時尚中推波助瀾，通過複製明星頭像，結果是讓他自己成了比明星更著名的人物，其著名的程度在美國幾乎超過了米老鼠，大約僅次於可口可樂，而可口可樂這個名字值多少錢，大概沒有多少人心裏沒數兒。

　　在今天，傳媒的發達程度遠遠超過了安迪‧沃霍推銷自己的六〇年代，誰不夢寐以求朝思暮想著成為這個傳媒時代的一個角兒呢？況且，傳媒上因為成名而一夜暴富的聒噪不絕於耳，無動於衷的人，順理成章地要被懷疑不是IQ出了問題，便是EQ出了問題，更難聽的叫法是傻B。但是人人都出名兒又確實有點問題，按照經濟學家的觀點，利潤將面臨著被平均化的趨勢；而社會學家在這個問題上的看法更本質：人人都出名兒意味著沒人出名兒。但這只是學者們的理論分析，而社會自會按照它自己的方式給出解決辦法，這個辦法的內部鏈結足夠複雜以至於我們無法想像，但它的結果我們早已經看到：從各領風騷三五年，到各領風

騷三五天，現在的情形，而正如安迪‧沃霍所說：「每人出名五分鐘」。既然大家無法以名氣均分財富，也不能平均化地共用名氣，大家只好去分割時間。「每人出名五分鐘」，這是網路時代裏名氣的壽命。

「出名兒也太容易了！」一個曾經著名的網蟲在一夜成名之後卻有些不敢相信，於是發出以上感慨。傳媒時代的特點就是為每個人提供了通往名角兒的道路，並且允許你由著性子在這條路上一路狂奔。當然，這後一句話專指網路，要想由著性子在傳統的紙媒乃至電影電視上一路狂奔還有許多關卡和溝溝坎坎，但是網路允許你這樣做。在屁屁愛死上口出狂言瘋狂灌水是最快捷的一種方式，一夜成名對於BBS來說已經是老黃曆了，現在的速度是「滑鼠一點，即刻成名」。這樣一來，另外的擔憂與感歎也順應而生：這名兒出的太容易了，出了似乎也白出。因為誰也奈何不了BBS「即時貼，即時失」的高速運行，雖然我們以十個手指代替了雙腿不捨晝夜地一路狂奔，卻仍然趕不上I時代的速度，徒歎奈何兮！名兒出了，但是……賊吃肉，賊也挨打。然而，「每人出名兒五分鐘」，卻是只聞肉香未及下嘴，打卻難免，人人都有機會挨幾悶棍，轉過身已經成了明日黃花。

回到安迪‧沃霍，這位精明的老電影明星，他在三十多年前就預言了我們現在這個傳媒極度發達的I時代的特徵：「每人出名五分鐘」。但誰要想在今天像「雖然思想貧乏，但卻精於表現」的老安迪‧沃霍那樣保持住名聲，就得從網上狂奔回到地上爬行。不過，此時你卻連「出名五分鐘」的機會都丟了。

寫字的，都博起

前一段時間碰到的朋友，問候語全是：「你博了沒有？」感覺像很多年前我們的國問「你吃了沒有？」這樣的時髦，很大程度上是和著方興東的博客中國網的開通。號稱中國博客之父的方興東同學，據說很快便弄到數千萬美刀，讓很多做傳媒人的唏噓不已。當然，錢是一回事，你博起了沒有，則是另一回事。

博客進入我的視野，是和著木子美竹影青瞳的名字一起來的。那印象就是把自己的私事弄到網上去給人家看，這樣的博起，於別人是什麼意義我不知道，於木子美和竹影青瞳，顯然是有點出「奇」制勝的意思。現在的情形當然是大不同了，據說中國現在有幾百上千萬人都在寫博客，又據說每天爭先恐後地投奔這個革命隊伍的人排著長隊呢。

最新的新聞是新浪要搞博客大賽，並且說服余華也在新浪文化上弄了一個博客，我上去看了看，博得很認真呢。中國博客之父方興東同學為此發表感言：「站在中國博客發展的角度上，新浪博客推出博客大賽，對於中國博客發展有著重要貢獻。其中最大的貢獻就是幫助推動博客主流化，從過去大眾對於博客印象，是極大提升，從過去的木子美階段過渡到余華、張海迪、潘石屹等，這個意義如何評價都不過分。也是我們一直想做卻一直沒有很好執行起來的。所以，這一點，我感謝而高興。博客發展在中國將揭開新的一頁。」看這意思，中國博客的水準已經大大提升，不是「想當初，老子的隊伍才開張，十來個人七八條槍」的

時代了。據方興東同學說，博客將成為互聯網的一下個衝擊波，成為互聯網的主流。但那是商人的事情，和寫字的有什麼關係呢？

當然那也是個時髦的事情，這大概和寫字的有點關係，「做人要做革命的人，寫字要寫時髦的字。」趕不上這個時髦，寫字的內心裏就有一種將要被邊緣化的惶恐，那邊緣化的意思，就是大浪淘沙把你扔到岸上去了。劇變的年代，人人都想站在中心，人人都想成為主流，邊緣化就意味著被淘汰。前兩年熱衷於玩論壇的，現在都排隊去博客了。而把博客鏈到論壇上，那叫左右開弓，活脫一個雙槍老太太婆的形象，忙著呢。有個段子說：人不犯傻，我不犯傻；人若犯傻，我必犯傻。人不犯賤，我不犯賤；人若犯賤，我必犯賤。人不窺我，我不窺人；人若窺我，我必窺人。一語道出了今天互聯網文化的時髦。

有人問：「哥兒們，你博起了沒有？」聽到這話我總是覺得滿面羞愧，感覺自己已經廢了似的。不過我也有自己的私見：一個寫字的人，不一定非要服用互聯網開出的這一劑文化偉哥吧。譬如論壇這種意淫方式，譬如博客這種自慰方式，太傷身子骨了。為此我也討教過一位板磚高手，用同樣的話問他：「你博起了沒有？」這哥兒們回答：「同學少年都犯賤，我幹嘛還要跟著犯賤？」

語言學校

　　有限的上網經歷給我一種模糊的感覺，網路似乎是我們今天最大的語言學校，NB、SB、符號表情譬如「：－D」「8－〉」「4Y4Y」之類，夾在漢字中間，不知是英文抑或拼音或是別的什麼東東，真讓人有點TMD之感。這好像不算是造物主的偉大發明，頂多是那「偉大發明」鬧出的拙劣的「小發明」；不過，似乎連網上居民們也感覺到了困難，於是，有人攢出一本《網路詞典》，試圖規範網路語言。真是夠NB的，但它會不會成為又一個柴門霍夫式的語言烏托邦？畏難情緒終於還是戰勝了我的經受不了如此挑戰的意志，只好下線去讀紙本的網路作品。

　　我的意思是，人們的閱讀心理有一種不可逃避的趨時取向，什麼熱賣就讀什麼，換句話說就叫時尚閱讀。像痞子蔡之類，便是這種網路時尚的產物。《第一次親密接觸》略帶情色，很有網路特點，弄到《第二次親密接觸》，接著還有第三次、第四次、第五、六、七次親密接觸，味道就寡淡了，無奈之下只好再弄一個《最後一次親密接觸》以收場，便不怎麼好玩了。當然，後面多次的親密接觸主要是書商跟鈔票的親密接觸，大概與蔡智恒無關。與他有關的只是情色語言，網路作品多的是小男小女的談情說愛，「進進出出——在網與絡、情與愛之間」，語言似乎並不怎麼出色，相反的，倒是出位的時候頗多。當然，語言出位的還不止網路情愛，仿周星馳版的無厘頭武俠也算一大特色，《悟空傳》算是頂級製作，玩鬧之間有無真性情在，當然要另說，但對

刻板的公文語言和正統書面文學語言的消解卻是顛覆性的。當然了，強呶著想要搞出點顛覆性動作的也不在少數，彷彿不如此便顯不出新媒體的「新」來。「地球是一塊放在地上的門板，我在上面翻來覆去，腦袋是我進出自由的房間。」算是對語言的一種解放？不過，如此語言學校，倒是很容易讓人迷失方向。海闊天空，泥沙俱下，失禁、失控以至失敗，恐怕也是自由的網路語言的代價。

　　說到自由，倒是有一本關於財務自由的《富爸爸窮爸爸》流布坊間，據說發行量極大，印量數十乃至數百倍於網路作品。看來，與語言自由比起來，國人好像更關心財務自由。頗為巧合的是從智商、情商導入財商的日裔美國人羅伯特·清崎出語驚人的把財商也叫做一種語言。從他在央視「對話」節目中談話的意思來看，我們中國人之所以還沒有找到「富爸爸」，是因為沒有掌握到那種可能開啟財商的語言。清崎說話的口氣，用網路語言來說就是足夠NB，而且，足夠SB。

　　坦白地說，放下這些與「語言革命」有關的書之後，我感到空氣也清爽多了。想起小學識字課本，第一課：人、口、手、稻、粱、菽。就像賈平凹在《我是農民》中寫的：「看，連娃兒們的屁都有臭味兒了！」我的意思是，真正的語言學校，是在人間煙火繚繞的地方。

北京謊言

　　此前的很多年裏，在我的印象中，淺薄的風尚大多來自珠三角一帶。這印象大約源於改革開放之初，雖然二十多年過去，卻似乎根深底固。那時候，去南邊轉一圈回來北方內地的人，少不了會弄個俗豔的花襯衫披在身上，眼睛前面掛個大片兒的蛤蟆鏡，再拎著個四個喇叭的答錄機什麼的，嘴裏哼著港臺流行小曲兒，時尚得像個經過垃圾包裝的天外來客似的。這情形我最近在賈樟柯的電影《站臺》裏又一次看到，算是溫習，不過卻有了恍若隔世之感。

　　畢竟二十多年過去了，有點隔世之感總是難免。也是在看《站臺》的那天，在那恍若隔世的感歎之餘，我突然有一種吃驚的發現：近些年的淺薄的風尚，似乎更多地來自北京。我感到吃驚的原因在於，此前的很多年裏，在我的印象中，但凡從北京傳過來的東西，一直是沉雄厚重的，怎麼會與淺薄的風尚結緣呢？

　　但它已經淺薄了，你有什麼辦法？

　　譬如自封小資以及忽然中產的人士們談吐與文字裏的關鍵字「宜家」，宜家的沙發或者其他什麼玩兒，已經被弄成了某一種生活方式代稱，彷彿不提這宜家二字便顯得很沒有格調。不就是一家居超市嗎？說嚴重點不就是一有品牌的家居超市嗎？我覺得和沃爾瑪、家樂、愛家之類沒什麼兩樣，怎麼就扯到格調上去了？當然，像我這種僻居內陸城市的粗鄙之人是很沒有格調的，也只能如此理解了。又譬如三里屯的酒吧，據說是很北京很文化

的一種，談到它的人彷彿說的是法國巴黎的左岸文化。很不幸我去三里屯坐了幾次，我發現它簡直就是粗鄙簡陋的代名詞。還譬如秀水街，不就是賣便宜貨的地方嗎，這樣的地方每個城市都有幾個啊，又怎麼啦？

以上例舉的是自封小資與忽然中產者嘴裏的物質，這樣的物質被文化化地神話了之後，大約就變成了滿嘴跑舌頭的精神，托大和自以為是的油嘴滑舌是它的典型特徵，可不可以就叫做「北京病人」？我認識的幾位原本還是不錯的朋友，在北京混了一陣子之後，做事的能力驟然下降，但是說話的口氣全都像國王，很多淺薄的風尚中的代表詞語都是經由這些人傳遞到我們「下面」（外地）來的。以國王的口氣噴吐著淺薄的「熱詞」，也是算是一種文化奇觀吧。

不過我認識的北京人，除喜歡神侃而且調侃之外，倒還沒有這樣的毛病。當然這也只是些細微的差別，不仔細辯認還不大容易分得出來。但也正是通過這些細微的差別讓我整明白了：來自北京的淺薄的風尚，其實不過是一些北京謊言，而這北京謊言大多是由外地居京的自封小資與忽然中產者們給自己造的夢幻罷了。

把門檻踢斷

　　現在看來，卡拉OK也許是上個世紀最了不起的發明之一，這種「沒有配上主唱聲音的音樂」的發明者、日本神戶鼓手井上大輔在《時代》雜誌的世紀盤點中被選為「二十世紀最具影響力的20位亞洲人」之一，列在這個名單上的包括甘地和毛澤東。《時代》的說法是甘地和毛澤東發動的革命改變了亞洲的白天，而井上大輔則改變了亞洲的夜晚。伴隨著卡拉OK的夜晚是怎麼回事，我們因為深陷其中也許難以看清真實面目，但它使千千萬萬的「地下」歌手因此有可能改變命運免遭遺珠之恨卻是事實。當昂貴稀見的樂隊變成一盤無主唱的伴奏磁帶，歌唱的門檻也隨著卡拉OK的流行大大地降低了，原本狹窄的通向歌手之路，現在變成了人人都可以進來、人人都有可能的寬闊大道。

　　類似的情形現在再一次在影像世界重演，數碼技術帶來的DV這種家用迷你攝相機以其同樣低廉、便捷、簡易降低了人們進入電影的門檻，一些熱情的人們興奮地歡呼著電影的個人時代到來了，眾多電影愛好者在過去幾乎不可企及幾乎永遠無法跨過的門檻瞬間消失，現在的情形是，隨便什麼人，只要你願意，都可以跨進來。推波助瀾的媒體和商業機構同樣不遺餘力，各種形式的DV影像大展大賽像熱鬧的農村大集，可惜的是DV作品存在著的製作粗糙、拍攝理念不清、作者技術不成熟也像當年遍及城鄉的卡拉OK，甚至，這種狂歡式的個人影像時代更像早年的街頭檯球，更多的人只是一博或者一賭。當時此也，通向藝術之路就像

洛杉磯的落日大道，每一個懷惴了夢想的人都可能走上一趟，然而這路到底有多寬，已經無人去問。

當然，更加寬廣無邊也更具群眾性的還要首推網路。網路英雄們不斷地用來暗示我們的名言是「網路改變生活」。生活當然是在悄悄地改變，而網路首先改變的卻是寫作，過去由編輯和出版人牢牢把守的發表與出版之門，已經被網路徹底拆毀，變成了無人看守同樣也無限開放的開闊地，不管你是什麼人，只要你願意寫上幾筆，無論是煌煌鉅著還是隻言片語，都可以到某一個網頁上去灌水，而且即時回饋。有人說了，不貼白不貼，但是，貼了也白貼，網路可以即時貼，同樣可以即時失。

對應於思想解放運動，卡拉OK、DV、網文的出現，堪稱是更為激動人心的物質技術解放運動。借助於技術，文學藝術的門檻被一個個踢斷，相應地，文學藝術的難度也幾乎被取消，歌唱家、電影人、作家的身份認同越來越容易，生活消費和文藝創造的界線卻變得越來越模糊，而文學藝術的水準被降低到腳脖子的高度之後，它還在嗎？或者，只是一場可以全民參與的文化馬戲？大躍進式的全民詩歌運動帶來了什麼我們已經領教過了。把門檻踢斷，沒有難度的歌唱只能叫唱歌，未經處理的影像只能叫錄影，隨意塗鴉的文字只能是垃圾。把門檻踢斷，文學藝術的口水時代狂歡節一般地到來了。

我們是該嗚啦還是嗚呼？

小資臭街之後

　　小資臭了街之後，小資就變成了一種惡俗，小資一詞於是也變得非常難聽。現在我們說某某是小資，那某某立即還擊：你丫才小資呢！聽聽，連粗口都用上了，顯然是避小資惟恐不及，粗口當然也是不小資的證明。一位頗為著名的網路寫手，就一再地宣稱自己絕對不小資。但是依照前不久還在風行的小資標準，這位美眉無論是生活趣味還是生活情態，都是小小資們的楷模。我就不止一次地聽到身邊的小小資女人談論這位美眉，口吻可稱豔羨。

　　但是小資臭了街，情形就完成不同了。

　　然而，避之惟恐不及，是不是也算小資們的一種嬌喘之態？最近我又聽說，愛聽搖滾（主要是坐在類似北京的「雕刻時光」這樣的酒吧裏聽）也是小資們在張愛玲、王家衛、杜拉斯、村上春樹、實驗話劇以及盜版影碟之外的另一種文化趣味，不知是搖滾的墮落還是勝利？抑或，是小資的落拓還是落寞？

　　當然，搖滾的墮落由來已久，而小資的落寞，才剛剛開始。但這和小資的臭街又似乎並不是一回事兒，聽著也有些擰。還是說臭街的事吧。但凡某物、某事或者某些趣味一旦到了臭街的份兒上，大約和惡俗就一碼事了。在我看來，特別強調品味（品位？）與格調的小資，之所以迅速地成為一種惡俗，肯定是因為趨之若鶩者的追捧，這情形有點像股市，追得太猛，自以為是真正小資的人情願調頭而去——臭了街的是你們小資，而我是個農民，行了吧。但我以為，這樣說很不厚道，即便是可憐的臭了街

的小資也不可以。拿農民開涮、或者拿農民說事兒，正是小資們矯矜的表現，自以為是而且非常地不厚道。雖然我也知道，跟自以為小資的人談厚道是愚蠢的，但我還是願意做一個愚公。

做為愚公我現在願意老實坦白，聽到說小資已經臭了街的消息，我真是有些幸災樂禍，有些咬牙切齒：你們也有今天！我的意思是，我品味不高，而且沒有格調，所以會幸災樂禍。當然，我這樣說也只是個玩笑，而且也不是衝小資女人來的，我是指美國人福塞爾那本惡俗不堪的《格調》。小資的流行以至於臭街，很大程度上是那本破書給鬧得，所以應該給福塞爾記上一個三等功。

不過，問題仍然還在：小資臭了街之後呢？

棉衫布裙顯然還是要穿的。CD香水仍然是好東西。實驗話劇必須繼續操練，但不可以總是玩格瓦拉。張愛玲、杜拉斯本來不錯。星巴克的咖啡太貴就少喝幾回。宜家的沙發暫時抬不回來就別太費勁地惦著。盜版影碟就不要再買了──不管是否小資，WTO的規矩都得遵守。至於今天的所謂搖滾（搖著來兮滾著去），就當流行歌曲奏合著聽吧。曾經小資或者曾經嚮往小資的人，也別覺得自己有過小資前科就抬不起頭來，或者從此放棄品味生活。其實，一個有點文化、有點閒錢、有點閒時間的女人，同時還想有點格調，真是相當不錯的。有點清高也沒什麼大礙，但是千萬別弄得太矯情太自以為是了，我的意思是說別太不厚道。

以上說的算是公見，我的私見則是，男人千萬不可以小資。印象中，似乎小資一直都是一個陰性化的詞兒，與小女人、張愛玲、杜拉斯（大女人？）、棉衫布裙以及香水聯繫在一起，而一個男人一旦小資起來，就會變得十分地娘娘腔。加點搖滾，是否就不了？但如果連搖滾也是娘娘腔的，你又怎麼去想去說呢？男人如果都小資起來，就不僅僅是臭街──我先要罵街。

BOBO與再小資

　　小資們今年是大大地落寞了，因為小資在今年是一個臭了街的詞兒。在今年，無論真偽小資，一律避之惟恐不及，一律鴉雀無聲。誰膽敢在此時冒天下之大不韙，堂而皇之地自稱小資，那她若不是在犯傻，就一定是在犯病。以我的私見，小資們多少是有些病的，但是絕對不傻，所以即便有些毛病，這時候肯定不敢、當然也不便立即就犯或者再犯。我們中國人是喜歡打群架的，儘管這些年已經很有一些喜歡張揚個性的人標新立異標榜獨立，喜歡打群架的仍然是多數，譬如關於小資，小資臭街之前趨之若鶩，小資臭街之後則群起而攻之，一時群罵與打殺之聲不絕，顯出了另一種不厚道，令人想到魯迅曾經批判的國民性。

　　時值歲末年初，大小媒體的策劃們又在挖空心思地炮製年度報告，有一家的年終專稿，把BOBO放在「年度熱詞」的首位，意在PASS小資，同時，取而代之。BOBO是否夠得上熱詞，我表示懷疑。也許是我孤陋寡聞，現在才第一次聽說BOBO。不過，熱與不熱，那是媒體的溫度，與我無關。我關心的是BOBO的內容。據這家媒體的描述，BOBO就是布爾喬亞＋波希米亞，而且進一步解釋說它的前身就是小資，以我低下的智力理解，那意思大概就是小資們把單身公寓給賣了，也不坐在咖啡館裏談什麼格調了，而是坐上了吉普賽人的大篷車，立即就變成了BOBO。更進一步怎麼著了，人家沒說，我也不便追問。不過那意思是很明白的，總之小資是沒什麼玩頭了，BOBO大可取彼而代之。

　　但是我很不以為然，小資有著廣泛的群眾基礎，問題只在於太自以為是太矯情兼帶著不厚道罷了。細細想來，一個人有點小資的趣味其實沒有什麼不好，講點生活品質以及格調之類是非常可以理解的。以前我說過，小資臭了街之後呢？棉衫布裙顯然還是要穿的。CD香水仍然是好東西。實驗話劇必須繼續操練，但不可以總是玩格瓦拉。張愛玲杜拉斯本來不錯。星巴克的咖啡太貴就少喝幾回。宜家的沙發暫時抬不回來就別太費勁地惦著。盜版影碟就不要再買了——不管是否小資，WTO的規矩都得遵守。曾經小資或者曾經嚮往小資的人，也別覺得自己有過小資前科就抬不起頭來，或者從此放棄品味生活。其實，小資大可以再小資的，只是別自以為是就好。不就是一種日子一種活法嗎？相反，倒是這BOBO有點讓我摸不著頭腦，偶爾玩上一回新鮮就算了吧，總是坐大篷車其實並不怎麼好玩，是吧？

　　所以，BOBO之後，大可以再小資。以此祝福小資們新年。

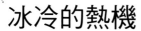

冰冷的熱機

　　行動電話的廣泛使用讓人說了更多的話——更多的情話、更多不必立即說的話、更多可說可不說的話和更多的……廢話。所以行動電話可以被定義為握在手上的以電波的速度啟動聲帶和舌頭並生產話語的一種機器。為了不錯過那最重要的一句，有的人的身上，甚至揣著兩三個這樣的東西，一旦鈴聲響起，立即上下其手、口耳並用地忙活起來。因此，我們可以進一步擴充行動電話的定義：提在手上的無線電擊設備終端。一旦被接通，人立即變得緊張——由於期望或者擔心而產生的一種內心的緊張。在通訊便捷的反面，人已經不是人，而是一隻隨時都可能會去搔擾或者被搔擾的話筒。我們在公車上常常會遭遇到不停打電話的人，其肆無忌憚能把一車人都給煩死，而當受到指責時，他竟然會申訴自己的權利——說話的權利。

　　某種意義上，是行動電話使人擴張並濫用了說話的權利。

　　更多的廢話因為行動電話這只便捷的玩具而生產出來，一個沉默的人也會因此變得多嘴多舌，甚至撓舌起來；一些不必立即說出的話，也因為便捷脫口而出了，少了迴旋，少了等待，少了醞釀，少了回味，同時也少了更多的內心生活蘊致，人就變得趨向簡單、粗糙以至焦躁了；相應地，更多的情話也被不加思索地生產了出來，號碼一按，即刻接通，思念和等待不必再有苦苦之味相隨，獨處的時刻隨時可能被電話鈴聲取消。情感生活在本質上也許更傾向於一種慢——長久的回味和期待、牽腸掛肚的幸福

的疼痛感——但是現在被行動電話加速了，一種掛在電話上的情話再也沒有了寫在紙上的情書的深醇滋味了。更多的電話上的情話，在本質上是事務性的、淺表性的、軟飲料型的，所以只能快速地進入耳廓，但是很難深入人心，很難像醇酒那樣被長久回味。

　　行動電話之便捷帶來的另一個問題也許還沒有被人們注意，那就是，人們對著電話時也許會喋喋不休，當到了真正面對面的時候，反倒沒有什麼可說了，尤其是在親人、情人、友人之間。行動電話像銀行卡一樣讓人可以隨時隨地簡單方便地支取感情，而到面對面的時候，那張被過度透支的銀行卡裏卻再也取不出任何東西。被過早掏空的情感到此時才讓人感到悵然若失，親人、友人們也許會坐在一起了無趣味地打打牌看看電視，而情人們只好直接上床。我想說的問題其實就是：當遠被行動電話消除之後，近反倒變成了一種遠，一種冷漠和淡然。所以我現在一摸到手機，就會想到手槍、手銬這類冰冷的東西，而當它突然振動並且鈴聲大作的時候，我順便就會想到手榴彈和它滋滋響著的冒著煙的引信，這個冰冷的熱機，我是將它扔出去呢還是貼近自己的腦袋？

溫柔的毒藥

對於包羅萬象的電視，我以前的偏見是傾向於認為它是一種暴力，當然這種暴力是在施行者和承受者的合謀與默契下共同完成的，但是雙方當事人都並沒有意識到這是一種暴力。譬如有一種說法認為，「電視機前長大的一代，最終將成為一些無所不知的傻瓜」，這樣的傻瓜是電視暴力的結果，但是要等到許多年之後才看得到。至於我自己會變成什麼樣的「瓜」卻很難說，因為我開始看電視的時候已經是成年，我這個「瓜」已經定型，而且我並不總是坐在電視機前。

不過有那麼一陣子我看電視的時間幾乎是以前的數倍，因為「非典」流行期的自我隔離，蜷在電視機前的時間多了起來，我發現自己漸漸地有了一種電視依賴症。也就是說，我有點離不開它了。電視上的消息之及時對自我隔離之人是一種帶有催毀性的誘惑，我已經不能忍受遲到的消息，就只好不停歇地開著電視；但是又有多少消息是我們必須及時知道的呢？及時知道了，我這個「瓜」會有所改變嗎？雖然我會這樣反問，不過，這絲毫也不能改變我對電視的依賴。

當然，還有別的。包羅萬有的電視提供了合乎個人胃口的豐富功能表，只須手握遙控器輕輕一點。在新消息到來之前的間歇裏，甜點、水果、飲料、開胃酒之類應有盡有，譬如電視連續劇，譬如搞笑節目，譬如歌曲演唱會，譬如時裝秀，譬如快樂廚房，甚至廣告這種令人討厭的東西，如果隔幾分鐘看不到，心裏

就覺得有些空落落的。既然我已經成了它的熱情的俘虜，我的一切也便都快樂地交給它了。所以我現在對電視的看法完全改變了，它的氣味現在就是我的呼吸，就像那迷人的法國香水，這一劑溫柔的毒藥真是令人著迷。

電視現在正是這樣一種溫柔的毒藥。以前我總是帶著審視的目光看電視，為了防止我這個「瓜」也變成一隻傻瓜，我的神經總是高度警覺，結果卻是把自己搞得很累，樂趣全無。不過我現在完全放鬆了，時間我有的是，不看電視又能做什麼呢？很顯然，我這個「瓜」現在已經有了為電視而生的感覺，電視令人快樂而興奮，否則，我這個「瓜」立即就蔫了。而只有當我陶醉其中，我才會感覺到世界與我同在。只要推開這扇彩色的窗，整個世界就展開在我的面前，同時我也才會感到自己活在其中，才會感到自己還能與世界同步。

坦白地說，我現在已經懶得考慮自己會不會因此就變成傻瓜，每天浸淫於這溫柔的毒藥，與電視共度快樂時光，真是妙不可言。我唯一願望是不要停電，如果停電，我立即就變成了一隻心慌意亂手腳無措的蔫瓜（編按：萎縮了的瓜。意指沒有精神，無精打采。）。那樣的話，我就真的傻掉啦。

過於健談

　　現在，你把遙控器撳到隨便哪一個電視頻道裏，都可能撞上談話節目，都可以看到幾個過於健談的人在裏面嘮叨個不休。他們巧舌如簧，他們姿勢努力，他們表情豐富，但是，常常，你並不知道他們在說些什麼。不過他們並不在乎。說話是他們的工作，說什麼並不重要，重要的是不能停頓下來冷了場子。當然，能夠說得妙語連珠就更精彩了。這叫脫口秀。

　　電視脫口秀的盛行，讓許多滿嘴跑舌頭的人有了一個正當的職業——口力勞動者。口力勞動者跑到電視上去可以迅速著名，成為人人知道的舌頭。但是，現在的問題是只有口力而缺少心力和智力的傢伙太多，電視上就只剩下了舌頭在跑，看起來怪噁心的。

　　大概電視策劃人也意識了到這個問題，於是嘉賓出場了。嘉賓大多是某個行當的著名人物或者有識之士，所以嘉賓的出場，很大程度上是為了彌補口力勞動者心力與智力的不足。但是，在著名舌頭的控制之下，嘉賓本質上只是在扮演一個陪襯人的角色，這就是嘉賓常常表現出出人意料的愚蠢的原因。許多被邀出場的嘉賓，看到節目播出之後，都會有不同程度的受愚弄之感。

　　儘管如此，仍然有人趨之若鶩，因為電視的強勢力量足以令嘉賓把他可憐的自尊暫時揣在衣領下面。雖然現眼，然而出名。而電視談話節目緣此可以變得更有意思也更好看了。至於在談話節目裏都談了些什麼，倒在其次了。電視談話節目的原則就是：我說，故我在。

電視談話節目之所以盛行，是因為它有一個三贏的結局：電視臺節省了製作費，獲得了收視率（有時候我們只當是在看猴戲）；嘉賓領到了出場費同時滿足了大庭廣眾之中的在場感與成就感；至於主持人，則因著名嘉賓的出場變得更加著名。

但是，我們這些傻呵呵的電視觀眾呢？

我只能說，但是，我不懂你的嘴。

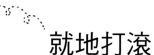

就地打滾

　　如果一個人脫光了衣服，就著雨後的泥地打兩個滾，然後站起來說，這就是人體彩繪藝術。我們會怎樣看呢？也許我們會不假思索地說他是個神經病。但是他不僅不瘋不傻，而且充滿了真誠。他在搞藝術。當然這只是一個假設，迄今為止我還沒有親見過這樣搞的，但是類似的東西倒是有過，譬如給豬身上塗滿顏料讓它在畫布上打滾。

　　很簡單，藝術就這樣被搞了。以真實的名義，以真誠的名義。

　　文學也可以這樣被搞。譬如，在口語詩的招牌下炮製口水詩，把個人生活場景分行描述一遍，還要號稱先鋒、前衛；譬如，把一己的情愛慾望過程記錄下來，可以稱之為小說；譬如，把旅行見聞發表出去，就成了散文。總之，現在識文斷字的人滿世界都是，隨便什麼人，只要把自己肚子裏的那點雜碎端出來，都可以大言不慚地叫做文學作品。而迅速的膨脹起來的媒體，又為這種文字垃圾提供了巨大的跑馬場，文學這樣被搞，成了一種馬戲，一種有獎娛樂活動。

　　同樣的，電影也可以這樣被搞。扛著攝影機追著某個人瞎拍，回家以後再在電腦上折騰上一陣子，剪出來之後就叫紀錄片了。前幾天，有朋友興沖沖地打電話給我，說是有一個青年影像大展之類的活動，要送我兩張門票，被我委婉地拒絕了。我知道那都是些多麼粗鄙的垃圾。如果說攝影機在以前還有點神秘，還能給人一點藝術的神聖感的話，那麼在今天這個數位時代，它已

經成了一個時髦的玩具。為了讓這個玩具玩起來更有意思，青年影像大展之類的活動應運而生了。它其實和電腦遊戲比賽之類沒什麼不同，但是在藝術的名義下，很多人驟然覺得它神聖了許多。但是實際上，文學藝術之這樣被搞，已經被降低到了腳脖子的位置。

鳳凰衛視的《世紀大講堂》是個非常有意思的欄目，主講嘉賓也很有意思。有一回是范曾主講藝術，下面有女生提問，大概的意思是情感非常真摯但藝術手法糙點算不算好作品。范曾遲疑了一下——范曾為什麼要遲疑呢？我惴想，他大概是在考慮這個不言而喻的問題值不值得回答。但他還是說了：藝術是需要難度的。

一切稱得上文學藝術的東西，都是需要難度的。然而，我們近些年所看到的卻是，文學藝術的難度正在被取消，智、識、趣，全然消失，只留下了膽量——大言不慚。在我看來，這無異於就地打滾。如果只是自己就地打滾自娛自樂玩得高興也就罷了，問題是它還要把污泥淖水濺得滿世界都是，還要討論什麼「真誠的平庸」、「真實的平庸」的價值所在，這就有點厚顏無恥了。

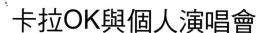

卡拉OK與個人演唱會

　　在這個傳媒空前繁盛的年代裏，文人或者寫手們出產量最大的大約就是所謂的專欄文章。專欄裏的東東在以前被叫做副刊文章，現在與時俱進地叫做專欄，當然，寫手在一定時期裏相對固定，文章有個專欄的「欄」與「專」的限定，就成了專欄。專欄是駁雜的，就像它的寫手們，就像我們每天的生活，似乎弄點文字的人都可以插足或者插手，所以專欄作家現在多如牛毛，我就經常碰到這種自稱的在某某報某某刊開專欄的人，當然也不只是自稱，人家確實就是在某個「欄」裏放羊或者在某個「圈」裏養豬呢。豬啊羊啊送到哪裡去？送給消遣的大眾們。

　　專欄文章現在確實也就是這麼一種給大眾消遣的東東，它是適時的，流行的，輕鬆的，歡樂的，甚至，有時候是無聊的——因為無聊也是當下生活的底色之一種，需要專欄作家予以足夠的重視。吃喝玩樂，季節轉換，或者發傻賣呆，經由文字而玩出趣味來，也相當不錯哦。不過，它的本質是即時的，易逝的，一次性消費的，而且在相當程度上是不可重複的，不可追溯的，如果寫手們以為它可以傳之久遠，可以被保留被紀念，那就難免殆笑大方了。

　　但是偏有人過於留戀或者自戀，要把自己這些即時的文字雜碎收集起來，如同收集自己的個人生活紀念品一樣，做些事後的展覽——這樣的結集出版的個人專欄文字非常之多，我們在書店裏隨處都可以碰到，「以創作豐富自樂？」但我們並不喜歡參觀

這樣的展覽會，對我們讀者而言，當它從媒體上被剪貼然後裝訂成冊的時候，它已經過時了。現在傳媒上的專欄，其實有點卡拉OK的意思，在那個場合裏也許你唱的不錯有人拍了巴掌，但若以為因此就可以開個人演唱會，那就難免露怯以至於漏洞百出了。把唱卡拉OK的功夫用來開個演唱會，是現在很多專欄作家的幼稚病，我覺得這是寫手們的悲哀──儘管這寫手也許是個大家。

不過也有從卡拉OK這種形式裏脫穎而出的人物，他們從寫作開始其實就已經脫離了「業餘」，卡拉OK對他們而言僅僅只是形式，這就像歌唱家也會唱唱卡拉OK一樣。譬如多年前王小波在《三聯生活週刊》上的專欄，它的品質是思想家和詩人；譬如沈宏菲在《南方週末》的「寫食主義」和繼王小波王朔之後在《三聯生活週刊》的「思想工作」；譬如黃集偉在眾多報刊上遍地開花的「詞語筆記」。如果上溯七八十年，那我就得說譬如魯迅的專欄了。我這樣說的意思是，結集出版的專欄文章，可買的其實少之又少，絕大多數只能像過時的菜葉，即時地爛在傳媒闢出的羊「欄」與豬「圈」裏。

編輯的撒嬌

　　翻辭典找到撒嬌這一條，釋意是：仗著受人寵愛故意做態。撒嬌是需要有些倚仗有些資本的，黃口小兒給父母撒嬌，倚仗的是父母的愛，那資本卻是自己的小；七老八十的老頭老太有時也跟自己的兒女撒嬌，倚仗的是兒女的孝，那資本卻是自己的老，所謂倚老賣老也可以歸入撒嬌行列；小妾撒嬌的資本是自己的年輕和姿色，大老婆撒嬌的資本是手裏握著銀櫃的鑰匙，但她得要懂得分寸，過了就成了撒潑；現在很多的私企老闆有時候也會跟雇員撒嬌，倚仗的是雇員的畏懼，不過這「有時候」，就是他誤以為是雇員個個都寵愛著他的時候。

　　報刊的有些編輯也會跟作者撒一撒嬌，那是在約稿的時候，尤其女編輯，尤其有迷人姿色或者迷人聲音的女編輯，可以跟男性作者撒撒嬌。近些年我一直在一家雜誌社應卯，有時候會有女編輯抱怨某某的稿子很難要到，我就會打趣說，你跟他撒撒嬌。女編輯撒嬌有雙重倚仗，一個是性別的資本，一個是媒體的資本，所以一個待在強勢媒體裏的有著迷人姿色的女編輯通常會有他人難與匹敵的資源優勢，撒嬌過火以至於撒潑的也不是沒有。

　　我認識一位省報文化版的編輯，就憑著撒嬌的本領，幾年下來竟做把自己也做成了一個文化名編，真是令人瞠目。不過，她現在找我約稿的時候已經不在電話裏撒嬌了，現在基本上是以命令的口吻說話，因為她已經是文化名編了，她現在的命令的口吻就已經是在撒嬌了——文化名編的撒嬌方式和初進報社的小女子

的撒嬌方式絕然不同：初進報社撒的是小妾式的嬌，文化名編撒的是大老婆式的嬌，不過我也有我不買你帳的辦法，我也倚老賣老使使老小孩的性子，偏不給你稿子，即便你像個孝子似地給我倒洗腳水也不給。

這位文化名編最近正在通往名記的路上一路狂奔。她的方式是約人一起討論媒體上的所謂文化熱點，她是懶得記錄的，所以只放個答錄機在桌子上做做樣子，到了第二天，她會給參加討論的人挨個打電話：要發稿啊，來不及整理錄音，你們把自己的發言寫出來傳給我吧。發出來的時候赫然是她的採訪。後來連約人討論這種事情也懶得做，只在電話裏說，你對某某問題（事件）如何看法，寫個七八百字給我。這時候的行徑，就有點像私企老闆跟雇員撒嬌了。但是，發出來的時候仍然是她的採訪。如是者三，在我看來已經不是撒嬌的嬌，而是驕縱的驕，有點幾近於撒潑了。

當然，很多編輯的撒嬌，倚仗的並不是姿色，而是媒體的力量，把媒體的力量誤為個人的力量進而做為撒嬌的資本，其實是一種醉酒態。這樣的撒嬌，古已有之，《警世通言·俞仲舉題詩遇上皇》：「孫婆見他撒酒瘋，不敢惹他。」

我們熱愛女明星

　　一位朋友鄭重其事地跟我說：「追星是我們一生的事情。」這位朋友是一位資深的期刊主編，早先曾在大學裏教過一陣子書。他大老遠的從武漢跑到西安來，當然不是為了告訴我這句話的，他還有更重要的事情，但他卻就這個話題跟我討論了很長時間，以至於把原本要辦的事情完全忘掉了。這當然都是談論女明星造成的後果，可見追星很容易讓人忘我。男人對女明星的古怪熱情，會把她們變成無神論男人的生活之神。「想想吧，如果所有的媒體上都沒有女明星的圖片和消息，如果女明星一夜間完全從我們的視野裏消失，想想吧，生活該是多麼黑暗！」這大約可以算是他的一個反證。

　　我的這位朋友在離開的時候再次強調道：「是否熱愛女明星是檢驗一個男人是否衰老的唯一標準。」聽起來似乎有些危言聳聽。真的已經有這麼嚴重？我不知道。但是仔細想想，似乎也不是全無道理。當然這道理來得更為隱秘曲折而又複雜，安迪·沃霍爾在很多年以前曾經說過：生活在模仿藝術。我的理解是，當生活不能帶給我們足夠的激情，那麼藝術（說是女明星也許更準確些）會帶來無邊的想像。這想像可以消解生活帶來的緊張、失意以及生活本身的貧乏、枯燥和懶洋洋，接下來我們可以帶著熱情去幹點別的什麼事情，但已經和迷人的女明星無關。

　　有幾次，我曾經和女明星擦肩而過。她就在旁邊忙著，當我很努力地想要從她身上發現什麼不同尋常的東西的時候，我感到

非常失望。因為她已經回到了生活當中，就在我旁邊，和我旁邊別的女人沒有絲毫的不同，相比起來，甚至女明星的漂亮還要打些折扣。但我們竟是如此地熱愛女明星，這是怎麼回事呢？因為她是和我們的生活不相干的一個藝術中的女人，一個被角色化了的女人，一個被置於某種背景和舞臺上的女人，甚至，算得上一個生活之神。我們內心裏、理想中的某些東西通過女明星被提升被強調了。

　　阿根廷小說家科塔薩爾晚年寫過一個著名的短篇《我們如此熱愛葛蘭達》。說的是女明星葛蘭達的崇拜者們，因為共同的崇拜物件而聚集在一起，他們為維護葛蘭達在自己心目中的完美形象，不惜修改一些有損葛蘭達形象的影片，最後，他們索性殺了她，讓她完美形象永遠地定格，以免她的藝術生命盛極而衰，從而破壞她在他們心目中的完美形象。這當然是愛得過火的表現，如果恰到好處，生活就會是另一種樣子。

每一個追星者都是傳記作家

因為伊拉克戰爭和SARS，這年的愚人節少了許多輕鬆的愚人玩笑，而動靜最大的愚人節消息，很不幸卻是真的：張國榮從窗口裏很炫目地飛了出去。張國榮臨走還要幽大家一默？抑或是幽自己一默？我們不得而知。我知道的是第四天就有一本關於張國榮的書上市了。接下來，在四月九日開始的長沙書市上，「張國榮」就有十幾本之多，書商和讀者都吃了一驚，也嚇了一跳。書做得這麼快，這麼現成，當然是有原因的。

張國榮是個了不起的藝人，張國榮有許多追隨者，張國榮的事蹟在追星一族的心裏手裏家裏早已經存檔，他的癖好、血型、星座、性格、身高、體重、籍貫……，他的音樂、電影、照片、緋聞、朋友、為人、衣著……，他的成長歷程，他的家庭背景，他的舉手投足，追星族們只須點擊一下存在心裏手裏家裏的「檔夾」，即刻就可以編成一本厚厚的明星傳記。一切都是這麼現成，難道還需要做什麼調查做什麼訪問做什麼研究嗎？每一個追星者都是傳記作家。

他不會再有新歌了，他不會再有新角色了，他不會再有緋聞了，他不會再有驚人之舉了，也不會再給追星者們帶來新的驚喜了，關於他，一切都凝固在四月一日的愚人節新聞上。追星族們也把這個傳記封存於記憶。而後來者會有新的偶像，會為自己的偶像積攢傳記材料，甚至不必等到偶像走了之後才去書寫。我的一位追星一族裏的朋友，就把自己追星的心路里程寫成了書。書

的寫法也有意思，目錄不是分章而是分步，從第一步到第七步，一步一步地走成了「核心粉絲」中間著名的一位。偶像傳記的本質其實就是崇拜者的心靈記錄，崇拜者借偶像完成人生夢想，獻情於莫須有的幸福，享受莫須有的快樂，無論曾經的偶像是誰。

　　每一個追星者都是傳記作家，但是做為傳主的偶像只是借來的讓追星者提供說法的偶人兒，真正的傳主其實是追星者自己，追星者以此寫自己的青春，寫自己的往事與回憶，寫自己的感動與感慨，寫自己的智慧與愚蠢，寫自己的尷尬孤獨，寫自己的癡狂與夢想，寫自己的愛與不愛以及愛與不被愛，但它和追星族外的人們卻沒有一點關係。每一個追星者都有一本自己的偶像傳記，而我這等外人麻木不仁。

　　堪稱偉大的思想家型的作家王小波影響了很多人，如果將王小波視為「星」，他的追星者族群，我相信是個不小的數量。王小波1997年逝世，但他的畫傳《81個瞬間》卻遲至1999年才出版，相比之下令人感慨。不過大不同的是，明星們的傳記封存在追星者的書寫中，而作家將以作品繼續其思想生命，而且，沒完沒了。

影碟時代

我的朋友徐江，是個著名的碟蟲。我這樣說並不是因為徐江的收藏數量巨大，我見過收藏量巨大的主兒，那還是在VCD時代，有一次去一個電影編劇家裏聊天，他不僅有一個書房，還有一個碟房，整整一面牆的木櫃裏全是影碟，但他並不是著名碟蟲，他只是著名編劇。在另一個碟蟲家裏，我受過一次關於影碟版本的啟蒙教育，在他面前，我這個影迷頓時變成了一個十足的傻瓜。徐江作為碟蟲而至於著名，在於他可以對許多影碟從劇本、演員、導演到影片的獲獎情況以及在電影史上的位置如數家珍，當然還遠不止此，讓他以碟蟲而著名的，是他在多家報刊上所開的廣受歡迎的碟評專欄。

前幾天徐江來西安的時候，我讓他給我做了一回淘碟嚮導。坦白地說，此前我逛音像店的時候，基本是一個傻瓜，對於影碟，此前我還處在蒙昧時代。當然，需要啟蒙的並不只是我一個人，盲目的搜求者自不必說了，就連音像店裏的導購員也是傻兮兮的。有很多次，我提供了片名、主演並且說了片子的故事梗概，導購卻就是沒法找到我想要的東西，對於我這個影碟之海中的溺水者，導購小姐並不是一個合格的救生員。當然這不是導購員的錯，實在是因為碟海巨大而且無常，對此我並無怨言。我想抱怨的是碟片的生產商，他們經常會把一部偉大的作品的片名給改成一個地攤小說的名字，把最刺激感官的劇照印在封套上，令我這種有潔癖的傢伙無所適從。

　　買碟夜看，是現在許多人的生活習慣，但是看到的到底是什麼東東，卻似乎難以言表。影碟的一面是紀錄影音的鐳射的刻痕，它的光潔的碟面極富象徵意味地表明瞭我們的觀後感受——在看過了數量巨大的影碟之後，我們的腦子裏一片空白。而在碟的另一面，那些雷同的片名永遠無法讓我們把一部電影和另一部電影分開，正像一位詩人的詩題所說：想起一部電影卻想不起片名。在電影的光碟時代裏，電影就這樣被消解成了一種即時性消費；而偉大的電影發明，在鐳射這個更加偉大的發明面前，已經肢離破碎了。我真不知道是應該為技術文明的進步歡呼還是該為膠片電影的落寞感到悲哀。或者，我們只能說：是時代在前進，我們應該習慣？

　　不過，在看碟的時候，還是不要奢談什麼「時代」吧，更多的時候，我們只能跟在時代的後面亦步亦趨。那天我的超級導購徐江向我推薦了幾十部電影經典，沒有推薦更多是因為考慮到我的薄餅似的皮夾子已經近乎透明。我的意思是，我們都被牢牢地釘在了今天的時代，我們任何人都無法抗拒它——我不可能拒絕影碟，只進電影院。如果不能抗拒時代，那麼，就我們讓收藏經典吧——不過，需要一個超級導購。

偶然一池「唐」

　　時裝似乎是時尚中最大的時尚，世界各地春秋兩季的發佈會如同季風，被捲進去的媒體不計其數，有一種全球總動員的意思。仔細想想也頗有些道理，衣食住行四項基本需求中，衣排在第一，也是最活潑的一個元素，這種貼身的時髦，人人都可以趕一趕的。不過，時裝發佈會上的色彩與款式，常常只是少數人的披掛，更多的人，只是把它作為當下的談資，要切實地穿到身上，還需要假以時日。

　　然而，時日未久，新裝再出，所以時裝更多的時候，並不是穿在身上的時髦，而是掛在嘴上的時髦。進而，我們可以認為，時裝流行趨勢發佈會的最大貢獻，就是把人們的身體慾望迅速地轉換成口唇快感，讓我們常感無聊的生活多些可以聊一聊的話題，而且，常聊常新。

　　不過，也有例外。正所謂「骰子一擲永遠擺脫不了偶然」。偶然是在時尚的秩序之外悄悄發生的，而當我們意識到的時候，已經觸目驚心了。春節期間流行的唐裝，就是一次偶然的色彩爆炸。當其時也，人人都想搶出一件來掛在身上。服裝加工廠是忙壞了，布料生產商卻措手不及，服裝店老闆笑得合不攏嘴——唐裝的「糖」，有點甜啊。這一次，身體慾望搶在了口唇快感的前面，關於中式服裝的話題，只好延遲到爾後。但是，爾後，年已經過完，天已經轉暖，長衫與旗袍會不會跟進？似乎沒有答案，甚至，連這樣的話題也未成氣候，就已經被時裝發佈會的季風吹走。

　　偶然一池「唐」，轉眼蒸發。最近聽到一個笑話，算是一點嫋嫋餘音。說是有一隻老鼠追著一隻螞蟻——螞蟻的細腰代表流行的骨感美人？螞蟻鑽進了一本落在地上的時尚雜誌下面，片刻之後，雜誌下面鑽出一隻七星瓢蟲，老鼠說道：你以為換了唐裝我就認不出你了！這笑話出透對時尚的嘲弄。

　　當然，骨感美人還要繼續流行，唐裝只好換下來壓了箱底。其實，時裝更多的時候就是用來壓箱底的，所以精明的時髦人士，永遠都在談論時尚，而身體卻只在幾件永不過時的衣服裏鑽來鑽去。

韓風吹人傻

　　流行是個很無厘頭的東西，一旦撞上身來，人立即就變傻。但我們能夠避免不被撞上嗎？似乎不能。韓風剛剛登陸中國的時候，尚能讓我們感覺到一點點清新濕潤——當然，也沒有太多新鮮，比臺灣版的言情劇好不了多少，多出的也就只是一點點異國情調，僅此而已。真正韓風乍起，吹皺一池春水的是流行歌曲，我們這邊有幾個過氣的歌星，也到對面跑過場子，似乎並沒有好風憑藉力送我上青雲的結果。然而韓風還是刮過來了。韓國歌手那短而亂的頭髮就像新鮮的雞蛋黃淋在上面，顏色亂七八遭的衣服毫無章法地掛在身上，扭胯擺臀甩胳膊，一路蹦躂著唱將過來，少男少女們立即看傻，哈韓哈韓地叫成一團。

　　自古英雄不問出處，今天的所謂流行，自然也不必問什麼道理。當然，問了就更傻。且傻呆呆地跟著走吧。如果大家平庸的生活因為這傻，竟然陡生出一種激情，添了一些新意，我還有什麼好說的呢。流行嘛，流過就行，行過就流，即便是傻到醜態百出，也就是幾天的功夫吧。流行的追逐者是忘恩負義的，他們不會把時髦持續到落幕之後的落伍時代。

　　然而韓風似乎頗勁，原以為很快就刮過去了，誰成想它竟然落地生根，從傻呵呵的少男少女刮向了他們的兄嫂父母。穿著閃亮的韓版寬腿褲、濃妝豔抹滿街遊走的黃毛，直讓人誤把唐城當作了漢城，懵懂中還以為自己來錯了地方。原來流行也可以傻到如此美醜不分如此惡俗不堪的地步，這是我無論如何也想像不到的。

　　春節前陪一位女性朋友買鞋，滿目的韓版船形鞋幾乎讓人嘔將出來，然而，無可選擇。真懷疑是不是一夜之間，商店全都換了韓國老闆。這位朋友在衣著打扮上一向是很有審美個性的，到了這種時刻，似乎也準備在無奈中妥協了。難道她也要被韓風吹傻？

　　幸虧我的一再阻攔，她才勉強作罷。我說，即便是穿著舊鞋過新年，也不能留下丟人的醜陋記憶。那種足有五十碼長的船形鞋，只有馬戲團裏玩雜耍的小丑才穿得出去，難道我們真地要傻到全都上街去做小丑嗎？

　　前幾天，看到一些在雨中穿著船形鞋走路的女人，鞋面上沾著泥點，鞋尖忽閃顫動著，就像卓別林脫了幫的鞋底，我們頓時笑作一團。但是那女人趾高氣揚，寬大的褲腿像灌滿了水一樣忽閃著水光，然而臉上的韓式濃妝已經像洇濕的粉牆一樣模糊了。流行不問美醜，這我勉強可以同意，但是到了韓風吹人傻的地步，恐怕就有些「媽媽的」了。

名牌情人

　　有一個朋友，是個名牌愛好者，收入雖然不是很高，但作為愛好者的熱情卻從未消減。當然，收入有限而且愛好名牌，就不單是熱情可以支撐的，熱情之外還需要一種常人難以持久的堅持以及技巧。收入有限就該有點自知之明，不能向十項全能靠攏，這位朋友選擇了著裝這個單項，把響噹噹的東西穿在身上，感覺自然很是不同，微駝的背也挺得直了，頭也揚起來了，走路也多出三分力來。這比較符合名牌愛好者的心理取向，既做了名牌愛好者，總應該讓別人看到知道才行，否則豈不白費了心機。

　　說到心機，一個收入有限的名牌愛好者的心機，還真是常人所不能企及的。譬如，走在街上，同行者也許留心的是美女，而名牌愛好者的目光則永遠在先生們的身上遊動；譬如購物，一般的男人總是直奔目標，買得就走，而名牌愛好者會像女人一樣挨個地走完每個店面甚至每個櫃檯，當然，他更多的時候是在名品專賣店裏徜徉；又譬如閱讀，名牌愛好者就唯讀白領期刊尤其是其中的名品廣告，名牌愛好者藉此提高自己的「格調」。名牌愛好者如此心機中還潛藏著一個鮮為人知的心機，就是不斷地煥起自己的熱情，以抵抗收入有限甚或捉襟見肘時時會帶出來的畏難退縮情緒。到此為止，他的心態已經幾近於一個癡迷的情人──他得小心翼翼地侍候自己的愛好。

　　不過，名牌愛好者從對面走過來的時候，你根本看不出他是這樣的一個充滿心機的捉襟見肘的情人。身上的行頭，已經先

期給了他力量，所以看起來底氣十足。當然，名牌愛好者也有洩氣的時候，那時他剛剛在報紙上看到一篇文章，說穿西裝要在袖口上留個標籤是土老帽的做法。名牌愛好者看看自己的袖口那一排洋文Versace，臉一下子就從脖子根紅了上去，他摸了摸那塊標籤，手上卻沒有把「范思哲」拿掉的力量。沒有了Versace，有幾個人知道他穿的是「范思哲」呢？不過，他最終沒有把標籤拿掉，並不是因為缺少力量，而且是因為街頭晃著胳膊的西裝客中作標籤秀的並非自己一人，況且，別人晃的是「杉杉」「金利來」之類，而他晃的是Versace，心裏頓時受用了許多。

但是，不管名牌愛好者心裏怎麼受用，卻仍然擋不住同事們的嘲笑。最讓他洩氣的是被稱為「名牌情人」。有一次大家在一起聊天，說到暴發戶為什麼喜歡給女明星花錢，並且要設法討明星（那怕是過氣的明星）做老婆做情人，其實是一種喜歡炫耀的粗俗的名牌心理。名牌愛好者當時在座，大家打趣，說他正是這樣的「名牌情人」，名牌愛好者頓時覺得自己沒了格調。

我愛北京天安門

　　凡人有機會都應該挪到北京去住，最不濟也得到天安門前留個影兒，以前的歌裏總是這麼唱來著。弄藝術的，像繪畫啦、音樂啦，簡直就是非去北京不可，文學當然也是在北京做最好，住在北京就是處在一切事物的中心，同是處長級的官兒，皇城根的也要大出好幾倍來，即便是平頭百姓，嘛嘛不是，呆在北京也能找到那種所有的大事情都會在自己身邊發生的優越感來。人一旦走到了首都，莫名其妙地就覺得自己大了起來，像個汽球。汽球當然只是一種瘸腿的比喻，太認真地細究就沒意思了，總之是突然大起來的感覺有了。

　　有朋友去北京打工，一個雜誌的小編輯而已，電話裏的聲音已經有了可以號令天下的氣魄，嚇熬人也。其實不過是一周的功夫，上週末我們還在本地的小酒館裏一起喝酒來著，活得很不如意，滿嘴期期艾艾，現在換了一個地兒，小鋪蓋捲不知打開沒有，也許還蹭住在某個朋友的沙發上，但人已經大了起來，說話的口氣像文聯主席：剛從一個展覽會出來，正和某某一起吃飯，晚上在王府井那邊還有一個派對——其實也就是到北京飯店後面的某一條小巷子裏的一間小酒吧裏喝上一杯燕京。有什麼樣的大事情好發生的？似乎也沒有。但有一種身在首都的存在感。在這個虛浮的年代裏，找到存在感好像也不是一件太容易的事情，許多人之所以搬來搬去的把自己弄成一個遷居者，就是因為找不到存在感啊。如此說來，我的朋友很有自豪一番的理由，他說來北

京是來對了。一周前他還在北京和廣州之間猶豫呢，現在好了，一個路牌或者一條胡同的名字，從他的嘴裏出來，都帶著一種美學意味。捉襟見肘的生活並不妨礙他淋漓盡致地發揮這美學意味，在電話這頭，我甚至都能看到他臉上那種終於找到了組織的興奮的表情。

遷居者現在就坐在我的對面，生硬的北京話和有些誇張的滿不在乎的姿態，說明他在刻意地融入。但那掩藏不住的絲絲縷縷的矜持，同時也在說明著他對已經找到的存在感毫無把握，是出門到「家」，還是出門在外？他自己似乎很難說清。在每一個城市，我們都能遇到這樣的遷居者，他們是城市裏社交活動最多的一族，像魚一樣努力地遊著，從一個去處漂向另一個去處，而他最真實的存在感也許只在衣袋裏的那隻手機上，甚至只在那隻手機的號碼上。正說話間，那隻手機便蚰蚰般地叫起來了，是廣東的一位朋友。遷居者一再地向對方發出警示：以你的條件，應該到北京來發展，只有北京最適合你。但對方的一句話似乎就把遷居者打垮了。廣東佬電話裏的那句話後來在一個相當大的圈子裏非常流行：沒得吃，沒得玩，北京有什麼好？北京當然是有得吃有得玩的地方，但我的遷居者朋友當時的回答更妙，讓我至今難忘，他說，我愛北京天安門。但他的表情卻是悻悻的。

低調讓你低

　　媒體上常有這樣的消息，說是某某人很低調。那意思就是，不張揚霸道，不隆重熱烈，不鬧鬧轟轟，不滋事擾民。這某某人顯然不是一般人物，其位置、名聲、權勢和影響力，肯定是在社會生活的某一個標高之上的。惟因其高，方可低調，也才有資格可以低調。在這情形裏，高是低調的資本，低調緣此才可以成為一種品質，可以得到讚揚。惟因其高，即便大家都看出來那低調不過是換了一種方式的「作秀」而已，卻也能「秀」出活色生香的味道，比那拙劣愚蠢的醜聞式轟動，顯見得技高一籌。

　　很顯然，低調是處於社會生活中某一個標高之上者的專有權利，而在標高之下的人，斷斷不可竊取，如有效尤，結果必是低調讓你更低。譬如，在大美人面前，一個面貌醜陋之人的低調就會顯然非常滑稽非常可笑。雖然大作家如雨果者在著名的《巴黎聖母院》中真誠謳歌過卡西摩多這樣的醜漢，卡西摩多以此著名，但是在商業時代的流行審美標準中，人們並不給他低調的資格。頂多給他一點帶了同情的調侃：長得很有創意，活得很有勇氣。而這「創意」和「勇氣」，都不是他可以玩玩低調的資本。

　　現在的風氣是處於社會生活中某一個標高之下的人，必須學會高調出場，必須作勢亮相才能吸引眼球，要不惜使用假嗓子，要衝到高八度去玩花腔。當然這需要足夠的勇氣，需要精心創意，甚至要厚了臉皮把自己推上去，生性羞澀的人還得忍受靈魂的掙扎與折磨。譬如求職，你得把自己的能力說到天花亂墜，你

得把自己的要求提到對方可能提供的條件之上，如此「充分展示自己」，讓對方堅信你就是那想攬瓷器活的人中唯一的金剛鑽。如果此時你還想談客觀玩低調，那你必死無疑。對於沒有資格玩低調的人，低調的結果就是令你更低。

那天在網上聊天，一女問及年齡，答曰：八十又八。女說：那你挺老的，不知道你拄著什麼拐杖？我說使的是一根圓珠筆。女說：那你挺秀珍的。我問有什麼見教？女回答：就這年紀就這模樣，也敢玩網！暈！我說：不能嗎？女告之以前面的話：不過嘛，你也算長得很有創意，活得很有勇氣。我回說你用不著同情我鼓勵我，我不過就是玩個低調出場罷了。女的回答更透著時代本質：你以為你是誰啊？你有什麼資格玩低調？給你個忠告吧菜鳥，低調讓你更低，說明你沒有自信，肯定也好不到哪兒去，下回別玩了。女說完揚長而去。

低調讓你低，也如另類的累，扮酷的苦。瞧瞧吧，這就是低調的結果。

公車上的「酷評」

詩人徐江有一句名言：「你搞什麼我不管，但你別搞我心情。」這位徐詩人同時又是一位出了名的「酷評」家，寫文章專挑文人藝人的毛病，算不算是在「搞別人的心情」？「酷評」被庸俗化了也就是罵人的文章，最過嘴癮的一種文體，而且無須臉兒對著臉兒，頂極效果也就是讓被「酷評」到的人心情不悅，除了「搞別人心情」，別的什麼大約是搞不到的。被搞者大不悅之後，當然頗有微詞，惹得徐詩人更加發狠，說出了下一句名言：「我就是要做一個大馬蒼蠅，死叮著你們的癩痢頭。」

當然，心情之被「搞」，並不限於出了名兒的文人藝人。我們大家，甚至每個人的心情，大約時刻都處在被「搞」的邊緣。譬如早上乘坐公車，就是在心情被很「搞」中進行的一次旅行。擠，當然是首先要遭遇的，摩肩接踵這個成語正用得著，西方人的「安全距離」根本無須去妄想，只要緊貼著你身體的那個傢伙不是一個懷揣著萎瑣想法的就算萬幸，好在大家都能夠面對生活在泱泱人口大國這個現實，不怎麼空想月球上的寬鬆環境，擠與被擠，都理所當然。對擁擠的心理準備人人都有，即便心情因此被搞去了幾分，也預算在可忍受度的範圍之內，就像央行發鈔要把偽幣考慮進去是一個道理。在早晨的公車上，最搞人心情的，其實是「酷評」。

我還是說說公車上的「酷評」吧。依這個臨時而又短暫的社會團體中的職務大小排序，公車上的「酷評」應該先從司機開

始。早晨的路況與車內的狀況大致相似——怎一個擠字了得！所以司機的「酷評」對象包括三類：警察、前面車上的司機、過馬路的行人。「酷評」語言僅限於單調的幾句粗口，但頻度和分貝數絕對在雜訊污染控制線之上。第二位「酷評」家非售票員莫屬，「酷評」對象自然是乘客，「酷評」語言豐富多變，抑揚頓挫婉轉疾徐則依對象而各有不同，但有一點是肯定的：人人都得領受——就像悲憤中的魯迅先生，一個都不放過。第三位（們）當然就是我們大家，人人都不甘寂寞，都要表現自己的口舌之快，別管是對著鄰坐，對著手機，還是對著早晨的空氣，正應了早年的某一首歌曲：車廂裏面真熱鬧，真、熱、鬧……

其實，有些人在日常是不怎麼愛說話的，而有些人是不願意在公共場合說話的，但到了公車上為什麼會變得如此悲憤？我想，大約是受了這個臨時而又短暫的社會團體中的「酷評」氣氛的感染，既然你們要搞我的心情，我也不妨搞搞你們。連大文豪高爾基都說了：「把人擱在豬圈裏，還要他成為天使，這種要求是愚蠢的。」當然，也不乏像天使一樣安靜的傢伙，從上車到下車，他始終緘口默言，但他卻是「搞別人心情」的最大搞家——他已經把某人的皮夾子給順走啦。也許，他的行動是對所有公車上的「酷評」家所做的無言的「酷評」。

因為我的心情每天早晨都要被這麼搞上一次，所以到了晚上還要在紙上發狠，樣子肯定非常不雅，大約就像是「死叮著你們的癩痢頭」的一隻大馬蒼蠅。

大家去吃農家飯

　　到足夠山高水遠的地方去吃農家飯，已經是住在水泥森林裏的人們的一種時髦。或週末或節假日，或下班以後，攜家帶口，呼朋引伴，浩浩蕩蕩出城去，嘰嘰呱呱吃飯來。

　　做為一項時髦的吃飯運動，其意義已經遠遠超出了吃，現在具有了某種儀式化的傾向。相應地，到山高水遠的地方吃農家飯，實行起來也要有一些基本的條件：第一，地點必須足夠地遠，一定要遠到城市公交系統無法抵達；第二，必須開車去，徒步或者採用其他方式屬於另類舉動，不在此時髦運動之列；第三，必須數人同行，一人獨行將使這種時髦的吃飯運動失去意義。

　　食客之意不在吃。那麼，在山水之間乎？非也。

　　浩浩蕩蕩出城去，嘰嘰呱呱吃飯來。首先找到的是一種闊人下鄉的感覺，即便是尚未怎麼闊起來，城鄉間的差異也可以短暫地製造出一種心理補償效果，優越感在對農家的吆五喝六中瞬間性地彌漫開來，擁擠的城市生活競爭中的失落與失敗感驟然消失。攜家帶口而來的，座中的長者在向下一代講那過去的故事，他們或是曾經的下鄉插隊知青，或是很多年前早早地先就洗淨了泥腳的農民，或是城市中短缺經濟時代的親歷者，那種感覺，好像是很多年前的「憶苦思甜」。到現在我才明白，很多年前的所謂「憶苦思甜」，其實就是讓人們找到一種闊了起來的感覺啊。闊了起來的感覺真好。尚未闊起來的，可以設法置自己於那樣的一種優越處境之中，譬如吃農家飯。

　　義大利人貝托魯奇，就是那個導演了電影《末代皇帝》的傢伙，說他初訪中國時最感動的是滿大街中國人的臉。他說那些臉上帶著「前消費主義時代的質樸」。說這話的人，就有著抑止不住的優越感。也許他說的是事實，可我覺得那話裏話外總是透著一種不厚道，比起他的同鄉，也是電影導演但早他二十多年來中國拍了紀錄片《中國》的安東尼奧尼來，明顯的不厚道。安東尼奧尼的《中國》當時遭到了我們的嚴厲批判，意指他醜化了我們的幸福生活，因為那時我們也正在「憶苦思甜」──雖然尚未闊起來，但我們已經在刻意地尋找闊起來的感覺了，所以安東尼奧尼非常地不合時宜。而我要說的是，浩浩蕩蕩開到鄉下去吃農家飯的人們，顯然是找到了類似貝托魯奇到中國的感覺，是不是也從這些農家的臉上，看到了「前消費主義時代的質樸」？而食客們自己，則已然是在享受消費主義時代的消遣了。他們在農家的院子裏吃喝打牌，在農家的果園裏採摘，在農家的臥室裏吆五喝六，還有酒後暈暈乎乎的半推半就伴嗔伴怒式的偷情，留下些垃圾然後發動起汽車揚長而去。

　　近郊的農家在城市的迅速擴張中出讓著自己的土地，遠處的農家暫時還輪不到，那麼他們就出讓自己的生活。出讓自己的廚房，出讓自己的院落，出讓自己的客廳甚至臥室，但他們滿臉的「前消費主義時代的質樸」。大家去吃農家飯，而在食客們的臉上，在他們滿足的優越的臉上，我隱隱約約看出了一些不厚道。

到茶樓去吵架

在酒吧裏鬧事兒屬情理之中，到茶樓去吵架就有些出人意料。因為，去這倆地兒的不同族類原本就懷著不同的心情期待著不同的氣氛。酒裏有火在暗暗的燒，奔酒吧去的人自己心裏知道，至於最終是被點著還是被催眠，則全在心情和氣氛與酒精度數之間的配比、勾兌與調製；而茶樓不同，茶樓打從一開始就是一種慢，一種清醒，如果是功夫茶就更講究了，神閒氣定，醒腦明目。如果說酒是一種可以點燃的液體，那麼相比之下，茶就有了滅火劑的意味；這一點很容易從飲用者的眼睛看到，酒酣耳熱目光混濁，茶到稔時兩眼放光。相應的，烘托氣氛的音樂、配器也有講究，酒吧裏電光石火，茶樓上絲竹管弦，各自詮釋著不同的心境。可見茶樓與酒吧實在是兩個大不相同的去處。

不過，不同的去處也會有相同的本質。無論酒吧還是茶樓、酒或者茶，都是給人們來消磨的，消磨那一點點無奈一點點不快一點點失意一點點孤單一點點焦灼一點點蒼白……以及，一大塊的百無聊賴。至於巨大的無奈巨大的不快巨大的失意巨大的孤單巨大的焦灼巨大的蒼白，就不是酒吧和茶樓可以消化得了的東東，酒吧和茶樓，只消化百無聊賴。從酒吧和茶樓的日益繁榮反推，我認為現在有太多百無聊賴人，或者說人現在有了太多的百無聊賴。有專家認為，無聊是與物質生活水平迅速提高相伴隨的精神體驗，人自己消化不了，只好交給類似酒吧與茶樓這樣的腹腔去解決。消化無聊，這就是酒吧與茶樓的共同本質。

　　但是現在有一位主兒說了，「我無論在天堂，還是在地獄，都百無聊賴！」都已經這樣了，去酒吧與去茶樓又有什麼分別呢？但是，畢竟，天堂和地獄都還遙遠，在夠得著的新的天堂和地獄被造好之前，先將就著，委屈在酒吧與茶樓裏吧。我知道現在有很多人都這麼委屈著自己，包括說前面那句話的主兒——還真是一主兒，一位網路版主。連虛擬的網路新世界都解決不了一位版主的百無聊賴，這條超級蟲子從網上下來之後也還要溜進酒吧與茶樓消磨，其他人就更不必說了。

　　當然，如果再進一步，還是有得說的，譬如，想辦法把百無聊賴消磨得更加精彩。在酒吧裏去鬧出點大動靜太合情理，沒勁！沒勁的意思，就是在無聊後面追加了無聊，不如到茶樓裏面去吵架抬槓。做到這一點其實並不難，百無聊賴再加上一點點沒心沒肺就已經足夠；如果再兌進去一點點無奈一點點不快一點點失意一點點孤單一點點焦灼一點點蒼白，那就更有味道了。我在茶樓裏看到的情形遠甚於此，當然，其最直接效果就是促進胃運動。所以，我得出了一個看似風馬牛式的結論：百無聊賴就是由於營養過量造成的消化不良。依此結論出發，為了促進腔腸運動，在酒吧裏喝多了盡可以到茶樓去醒酒，而茶樓則不妨使勁地賣酒讓傳統的「慢」提速。酒吧和茶樓之間的差異正在被精明的生意人抹平，只不過一個叫胃，另一個叫肚子，本質上都是社會生活的腹腔。但是，如果一個人說他自己，「無論是在酒吧，還是茶樓，都百無聊賴。」那就該幹嘛幹嘛吧；如果恰好是一隻蟲子呢，就要盡可能地粘到到網上，千萬不要再下來。

從酒吧到夜市

　　前兩年喜歡在茶秀裏消磨的那撥人，現在大多轉移到了酒吧。原因其實非常簡單，街邊的酒吧現在已經數倍於茶秀，如果有誰固執地非要到茶秀裏面去坐坐，那額外付出的車馬費就已經夠他喝上一杯了。當然，轉移的理由中還有一個很大的精神性因素：茶秀是已經過氣的場所，而酒吧則意味一種格調。順便說一句，自從那本名為《格調》的書風行之後，「格調」已經成了某種風雅的生活品質的說詞。打一個不是很恰當的比方，在茶秀裏消磨就像是長衫馬褂，而泡酒吧很顯然地有著晚禮服的風韻，其中的差別約等於從鄉紳到中產階級；咖啡屋當然另有一種味道，咖啡豆這種荒蠻的亞熱帶堅果，經由北溫帶的資產階級的磨制以後，已經接近於一種紳士了。帶著亞熱帶風情的褐色的皮膚加上乳白色的伴侶，就變成了我們這裏今天的很有格調的流行色。

　　當然，酒吧和咖啡屋都是今天的合乎時尚的生活的組成部分，對此我並不懷有平民式的忿懑，也就是說，我對酒吧和咖啡屋沒有意見。心情好的時候，我也會進去坐上一小會兒，當然不是為了格調，僅僅是找個坐處。那通常是在白天，我並不打算吃飯，而可以喝上兩杯的夜市大排檔還沒有出攤，但是捱到了黃昏以後，我會適時地溜出酒吧，奔我自己的地兒——煙氣氤氳的烤肉攤。

　　我一直固執地認為，夜市是勞動者們的「吧」。相比於酒吧裏的高腳椅和高腳杯，夜市裏的矮凳和大茶杯是更有生活質感的

一種；而懸浮在高腳上的酒吧，是特為長裙和燕尾留出的一段可以拖拽的空間，以便時風與格調穿行其間。

而我感興趣的是，一個人為什麼要到酒吧裏去喝酒？

夜幕降臨，三三兩兩的漫遊者游向了酒吧，時有長裙擺動，早已不見燕尾，燈紅酒綠在音樂節拍中晃動，對面的異性眼神曖昧，在被煽動的誘惑與適可而止之間，一種不可言說的膩膩的東西波動起來。創造一種氣氛，並沉溺其中浸淫其中，感覺彷彿已經創造了一種富有格調的生活，這是大多數趨之若鶩的泡吧者的精神向度。有一天我問一位同事：現在很流行兩個女人相約泡吧嗎？說老實話，她的回答讓我感到吃驚：和男士泡吧是不安全的。這也使我理解了泡吧就是尋找那種介於安全和不安全之間的東西，這種東西我稱之為「膩」，若以酒精的度數來論，則是介於不安全的55度白酒和沒味道的2度啤酒之間的12度紅酒。在這個城市裏，有四五個名為十二度酒吧的所在，我想，老闆肯定是深諳此道的行家。

我這樣編排酒吧以及泡吧者，大家肯定會懷疑我懷有無產者的仇恨什麼的，若提到這樣的高度來認識，那實在是言過其實。我不過是給自己找一個理由罷了，我之所以從酒吧裏溜出來奔向夜市上的烤肉攤，原因其實很簡單，我只是受不了酒吧裏面的那份膩歪和矯情，而大排檔是更爽的地方，從酒吧到夜市，我找的是一種爽。最後我得說，我對作為生意人的酒吧老闆並無成見。

泡啊泡

　　朋友打電話來，說他現在的生活可以概括為一個「泡」字，令我好生驚奇；因為生活中可泡之物其實非常有限。1989年版的《辭海》對泡的解釋是「用水沖注或者浸漬」，所舉的例子只有兩個：泡茶和泡菜。當然我的朋友沒這麼簡單，如果只是泡茶和泡菜，那就太寡淡了。我的朋友屬於那種有點閒錢（前些年掙了一票）、有點閒時（單位的工作只須每天去晃上一臉）、有點閒情（老婆跟別人一走了之）的主兒，在泡茶和泡菜之外還有泡澡、泡吧、泡妞以及泡速食麵諸泡。如果一直就這麼泡啊泡的，真是堪稱美好的生活享受。

　　不過，泡澡這種美好的享受對我來說已經久違，關於泡澡的種種難以言表的美妙之處，張揚在他的電影《洗澡》裏勾畫得恰如其分，看這部電影的時候，總讓我想起毛澤東時代的公共浴室。而現在隨處可見、設備齊全的所謂洗浴中心裏，已經很難體會到舊時滋味了。現在我們更多的時候是在家裏的浴室裏沖澡，但這沖和泡是不可同日而語的兩種體驗。如果勉強稱之為泡，那意思也只是待在裏面，就像比利時作家菲利浦・圖森的小說《浴室》裏的那位先生，即便是待在裏面不出來，也不能叫泡澡，只能叫泡浴室。這樣的泡法有點類似於泡吧，只是這吧應該取名叫「洗澡吧」或者「浴室吧」。

　　但是真要泡吧，就不必委屈自己待在浴室裏面了。這樣的去處，我們的城市裏多得是。酒吧、茶館、咖啡屋，心情不好或者

心情太好，無處可去或者沒心思去任何地方，都可以進去泡上一泡。自以為小資或者嚮往小資的人給泡吧貼上了時尚的標籤，其實是很累的一種搞法，沖淡了它本質的享樂主義的一面。泡吧類似於泡菜的製法，是一種浸漬：人與人、人與環境氣氛互相浸潤滲透，然後變成一種味道的共同體——泡與被泡成為同謀：該得到的已經得到，該失去的同時失去。能泡出豔遇緋聞或者愛情，就更加錦上添花了。

當然泡妞就更複雜了，在行為方式上此泡並非彼泡，在詞義上也遠遠超出了《辭海》的解釋。不過，讀過羅蘭・巴特的《戀人絮語》（或譯《一個解構主義者的文本》）之後，則略可感到泡妞之泡在詞義上的回歸：沖注或浸漬。泡妞的真正意義是泡在戀愛的心情之中，與身體泡在沸湯之中的泡澡、精神泡在某種氣氛中的泡吧、茶葉泡在茶壺裏面的泡茶有著大致相當的泡的意味。不過泡成淡茶就沒什麼趣味了；最好是像泡菜，泡得渾然一體才好。否則，就成了泡速食麵，可以速食充饑，卻少了生活滋味。

泡澡、泡吧、泡妞以及泡茶和泡菜，所有可泡之物都屬於生活中的享受，這是我從朋友以泡概括的生活中的發現。生活中還有多少東西是可以泡一泡的呢？泡工作？泡鈔票？泡官位？泡汽車？泡電腦？泡馬路？泡公園？……當我試圖把泡推廣下去，這才發現，如此泡法，所有的好時光也都要被泡走了。最後，也許只有中藥是勉強可以泡的，然而這時候的「泡」已經徹底變了味道。

泡啊泡，生活美好如斯！生活荒唐如斯？

傻呵呵的情人節

那天黃昏我去車站接女友。因為時間尚早，我便遛達著向車站走去。一路上，我看到滿街都是手持玫瑰的人。這使我吃驚不小。去年桃子大豐收，也是滿街都是賣桃的籮筐，滿街都是啃著桃子的人，當然還有丟棄的桃核以及髒兮兮的桃子皮。現在的情景是滿眼的玫瑰，因為天色漸暗，所以無論紫色還是紅色，看上去是一律的灰黯，飄落的玫瑰花瓣被踩過之後彷彿片片痰跡。向一個賣花的少女打問價錢，說是五元一枝，十塊錢可以買三枝。平時要十塊錢一枝呢。這麼多，這麼多，這麼廉價的玫瑰，也像去年的桃子一樣大豐收了麼？

眼前晃過的大男孩大女孩，大多手持一枝玫瑰，當然也有青年，也有少婦，也有不多的幾位老人。恍惚聽到街邊商店的音響裏在唱《九千九百九十九朵玫瑰》，真是夠奢侈的。等我終於弄明白這是情人節的前夜，也便明白了女朋友為什麼一定要在今夜趕回來。於是我也猶豫起來，是不是也要買一枝玫瑰到站臺上去迎她？這是情人節啊！我們的城市已經熬有介事，但我還是覺得有點矯情。我還不大適應這種洋節裏的時髦。在寒風中握著一枝玫瑰，在我來說，無論無何都還是一件羞澀而且膽寒的事情。

我是空著手去的。空著的手當然要派上用場，那是為給她拿行李而特意空著的。但是火車進站的那一刻，我還是感覺到了自己的心虛。如果她是期望著有一枝玫瑰的呢？我沒有獻上玫瑰，我只是接住了行李。

　　我說我沒帶玫瑰。接著我又說：我沒帶漁具／我沒帶沉沉的疑慮和槍／但是我帶心去了／我想，到了海上／魚兒們就會跟著我游回大陸。女友笑了。這是顧城的詩，女友當然知道。

　　白朗寧是帶著詩去見白朗寧夫人的。

　　蕭邦去見喬治桑時帶著一架鋼琴。

　　魯迅和許廣平之間有兩地書就夠了。

　　流浪漢背著二斤燒餅去會自己的女人。

　　世界上比玫瑰更浪漫更實際的事情太多了，女友說，我房間的爐子一冬天都沒有點著過，我們去買一隻電暖器得了。

　　我說，今晚的街上到處漂著的可都是玫瑰啊！

　　這是傻呵呵的情人節啊，她說，有什麼辦法呢，我只需要一隻爐子和一首情詩。

　　好在我還沒有傻到連電暖器和詩也忘了的地步。

浪漫表情

　　中國人現在已經習慣過情人節了。有情有意有舊日牽絆或者有點非分之想的人，很早就開始了內心的浪漫，甚至提前幾個月就在籌畫2月14日的舉動與作為的也大有人在。情人節是有情人傳情意表決心的正當由頭，情人節表錯了情也是非常美好的，不算犯錯誤。甚至玫瑰多得爛了街也是美景情致，不能叫浪費，應該叫浪漫。能讓我們這些一向含蓄甚至顯得刻板的中國人如此這般地浪漫起來，無論如何都該算是一件可喜可樂的、足夠⋯⋯浪漫的事情。

　　如此說法，其實是暴露出了我本人不夠浪漫的本質。現在老實坦白，以前我很反感這種流行病，認為過情人節是一種媚外的洋涇浜情調，我甚至寫過一篇現在看來有點傻呵呵的《傻呵呵的情人節》來表達自己的沒情調。當然，還有一個原因，就是我們把「情人」二字想得過於嚴肅而且嚴重了，再深挖一步，其實是在我們的潛意識裏，藏著魯迅在《肥皂》中寫過的「咯吱咯吱」的萎瑣心理，以為過情人節就會出大事情，譬如「勞倫斯的查泰萊夫人背著看守獵場的那漢子去跟上門推銷大英百科全書的小夥子在倫敦的小客棧裏幽會」之類，其實，是缺少浪漫情懷的表現。

　　去年的情人節之後，有遠方的朋友打電話來，說是情人節過得非常悽惶，姐妹倆守在家裏，留守的姐姐沒接到出門在外的丈夫的電話，待字的妹妹也沒有收到那怕一小瓣玫瑰花，說得我這種鐵石心腸的傢伙都有些憐香惜玉了，甚至有些蠢蠢欲動的浪漫

之想。浪漫，其實是一種生活態度，更進一步，甚至是一種生活質地，不浪漫無以有情，不浪漫無以為文，不浪漫的生活，其實是一片荒倒了的枯草。

　　如果借情人節之力，開始我們對浪漫的理解，進而把浪漫貫徹到我們的生活之中，也許就更有意思了。不一定非得是情人，不一定非得在情人節，不一定要有九百九十九朵玫瑰，接下來還有，如董橋所說：不一定要在很綠很綠的草地上；不一定要在很涼很涼的大樹下；不一定要在很靜很靜的山路上；不一定要在幽柔的燈下；不一定要在又軟又暖的床上。然而，現在的傾向是，越來越多的人想要讓浪漫到很大很大的鈔票上面去打滾，其實是把浪漫情懷降低到了腳脖子的位置，於是有了「願天下有錢人終成眷屬」小品玩笑。有鑒於此，在情人節裏，我還是要說出我們古老的祝福：願天下有情人終成眷屬。同時，我也要在這一天裏向前面提到的兩姐妹致以情人節的浪漫問候。

第
二
輯

書酷

著書癖

　　米蘭‧昆德拉寫道：「著書癖在人群中氾濫，其中有政治家、計程車司機、女售貨員、女招待、家庭主婦、兇手、罪犯、妓女、警長、醫生和病人，這向我表明，每一個人都是一個潛在的作家，沒有誰例外……」他並且分析了著書癖產生的原因：「一旦社會發展了，具備了以下三個條件，著書癖（一種想著書立說的病態）就會氾濫成災：1.生活水平的普遍提高，使人們能夠把他們的能量耗費在無用的活動中。2.越來越精細的社會分工以及由此產生的普遍的個人孤獨感。3.國家在發展過程中缺少根本的意義深遠的社會變革。」

　　您以為這些話出自米蘭‧昆德拉的理論著作《小說的智慧》或者《被背叛的遺囑》那就錯了，它其實出自小說《笑忘錄》。米蘭‧昆德拉喜歡用隨筆或者理論的方式在自己的小說裏信筆遊走，這使他的小說和理論存在著強烈的互文性特徵。從而使他的小說看起來很不像小說，也使他的小說對小說傳統或者傳統小說具有了顛覆性的意義。不過，更具顛覆意義的還是「著書癖」的產生，著書癖的誕生顛覆了作家的存在，正像慣於憤怒的克勒凱郭爾所說的：隨便什麼人都可以把自己那點破雜碎拿出來印上幾大冊。其實，克勒凱郭爾的年代，還並沒有現在這樣海量的著書癖呢。

　　依據米蘭‧昆德拉的分析，著書癖的產生首先是由於能量過剩，需要通過作無用功來消耗它們；不過，我們在網路寫作者那裏看到的更多的是荷爾蒙過剩，通過敲打鍵盤來釋放過量的荷爾

蒙倒確實是一個相當不錯的辦法，在形形色色的博客和論壇上，隨處飄散著濃濃的騷動著的荷爾蒙氣息，就是明證。

米氏提供的著書癖產生的第二個原因，是人們為了克服個人的孤獨感。為此昆德拉在《笑忘錄》中引用了他和一個計程車司機的談話，那司機也是個著書癖患者，「我們寫書的理由是我們的孩子根本就不屑一顧，我們轉向一個匿名的世界，是因為我們向自己妻子談話的時候她們充耳不聞。」然而結果卻是悖論式的，孤獨導致著書癖的產生，而集體的著書癖反過來又增強並加劇了普遍的孤獨感。「每個人都用自己寫的東西把自己包圍起來，就像用鏡子做成牆把自己封存起來，與外界所有的聲音隔絕一樣。」孜孜不倦的著書癖患者，面對稿紙或者電腦螢幕，回到了沒事找抽的本初狀態。在堆積如山的書店裏，在存量似海的論壇與博客上，於眾聲喧嘩中獨自歌唱，不僅聽不到別人的聲音，甚至連自己的聲音也聽不到。

昆德拉所說的第三條原因，其實是說大家找不到比著書立說更具吸引力有更刺激性的事情去關注，也就是說精神處於休閒狀態，有人說文化是閒出來的，看來大致不錯。至於是什麼樣的文化，是自說自話的著書癖，還是隨處飄散的荷爾蒙，倒都另說了。昆德拉的結論是：「一旦每個人心中那個沉睡的作家蘇醒了，那麼我們就進入了一個暗啞的世界，一個缺乏理解的世界。」

在《笑忘錄》中，主人公泰咪娜為了克服遺忘而百折不撓地想盡各種甚至是近於屈辱的辦法尋找自己丟失的日記和情書，而她周圍的朋友像碧碧等則是為克服孤獨與無聊而患上了著書癖，但他們都有一個共同的假想：擁有大批潛在的讀者。而那假想中的潛在的讀者在哪裡呢？在自己家裏！他們懷著同樣的假想，都在滿懷激情地著書立說呢。

吃名著

　　讀名著可以養眼，吃名著可以養人。養出性情，養出學問，養出聰明才智，養出道德文章，養出高風亮節，也會養出其他的雜碎以及雞鳴狗盜。當然，想要怎樣被養，全在讀法與吃法的不同。譬如《紅樓夢》這等百科全書式的名著，堪稱營養豐富十全大補，也會養出一干子吸血牛虻式的吃客，把學問做到「林黛玉是大黃牙」的地步，就是吃法之一種。援此可以著書立說，進而成為術業有專攻的知識份子──知道分子？接下來就可以在大學裏混充教授，在研究院裏混充學者。

　　眼下就有這麼一位姓錢的先生，據稱是在德國的大學裏客串教授來著，但卻在上海的什麼「齋」裏攢暢銷書，最近的一本，是號稱要「破解錢鍾書小說的古今中外」，顯得比錢鍾書還有學問。也就是說，這個知道分子比錢鍾書知道得更多。

　　譬如，關於方鴻漸的假學歷問題，小錢就知道克萊登大學並非子虛烏有，而是貨真價實。為了證明此小錢高出彼老錢一籌，小錢還不厭其煩地運用貼片廣告的方式將克萊登大學的英文廣告印在書中（有為了增加頁碼哄讀者銀子的嫌疑）。這般破解，可見小錢完全不懂小說的趣味。又譬如小說中有一句談到美人的條件，小錢就要用14頁的篇幅來談論「三圍」，當然主要是把前人的說法和美女的故事攢在一堆兒，並且津津樂道不知疲倦，格調顯然偏下，已經幾近無聊。再譬如，方鴻漸回國時所乘之法國郵輪白拉日隆子爵號，小錢也能說上十頁，不過主要說的是關於大

仲馬的文學創作及逸聞趣事，如此牽強索解，令人匪夷所思，真不知道是哪跟哪？

　　無須更多例舉，小錢的「破圍」之法，不出無趣、無聊與無厘頭三種，但小錢深味知識經濟時代之「知識‧經濟」的要義，卻是非常肯定的。拼湊、拼貼、整合，然後可以出著作出效益，難怪小錢兩個月不費什麼勁──「如果我來潮，寫作就像投擲一樣」──就弄出一本煌煌三十萬言的「錢學」專著（以小錢的索解辦法，弄出三千萬字也不在話下），扉頁上的廣告還說：「其他多種，陸續推出。」很顯然，知道分子一旦「來潮」，發起狠來，一年半載就能著作等身；更何況守著個國際互聯網，滑鼠一點，即刻成書，可以令知道分子大有作為。正所謂書有三吃，巧吃為妙，知道分子的天然優勢就在於人家知道怎麼把別人的東西拿來（而且，主義？），怎麼動剪刀（餐具？）以及怎麼吃（扒？）。這大約就是在知識經濟時代裏跟名著要效益的一種吃法吧。

　　如此知道分子，如此「破圍」之法，堪稱讀書吃書之奇觀，令人歎為觀止。

　　不過，小錢的弄法，倒是可以成為今日之知道分子做學問的榜樣。只是糟蹋了原著，糟蹋了母本，糟蹋了老錢，「錢學」被人家掛了羊頭，賣的卻是一堆拆爛污狗肉。當然也可憐了讀者，大倒胃口之後，也許連原著也會嘔出來也說不定。

書衣上的文字

　　書是有衣服的。古代的書是抄在竹簡、布帛和紙張上、裝訂成卷軸形，這種書猶如赤裸的女人，為便於保存，五卷十卷地用布裹起來，稱為帙，這種用來包裹的布帛就是書衣了。現代機械化印刷的書，其書衣便是封面封底了。然而這衣服現在卻有了越穿越厚的趨勢了，內封、護封、腰封，疊床架屋，熬是華貴。更有人喜歡為新買之書包書皮兒，這種包書皮的工作，就是給書再穿上一件家製的外套。記得少兒時期，每到新學年領到新書，總要找些舊畫報或廢舊的牛皮紙來做，心情猶如過年穿新衣一般。

　　讀孫犁文集，知道先生也有包書皮兒的習慣，那是在文革之後，「利用所得廢紙，包裝發還舊書……然後，題書名、作者、卷數於書衣之上。」他只是要為這些遭遇離難之後已經衣不蔽體的愛物穿上衣服嗎？似乎遠不止此。這些寫在書衣上的文字，後來輯為《書衣文錄》，隨意、精當、有趣，是日記，是隨感，又是書話，是題跋，深得讀書人的喜愛。

　　而我想說的並不是家製書衣上的心得，而是那些經由書商策劃的印在書衣上的文字。內封無非書名作者，護封上的文章就多了，廣告說詞、吹捧文字、內容介紹，五花八門，色彩斑斕，看起來像一個打扮過度的女人，目的只在吸引讀者的眼球。不過也不乏有趣的東東，譬如台島詩人管管的詩集，書衣上的文字令人難忘。「中國人，山東人，膠州人，臺北人。寫詩46年，畫畫29年，喝灑47年零23天，戒煙10年至今，罵人60年，唱大戲49年，

看女人59年零11個月，吃大蒜56年11個月零10天；好友一大堆，仇人三隻半。……至今牙齒少了4顆，有痔一門，香港腳兩隻；愛睡懶覺，愛吃花生和魚，愛說粗話，愛穿奇裝異服，愛裸體，愛拉野屎，愛花愛草愛貓，愛藝術，愛害羞，愛玩，愛哭，愛禪，愛春天，愛月亮。……」可愛、豐富，而且很有味道。

　　不過現在很多書的腰封上的文字，就乏善可陳了，多是些聳人聽聞的廣告，無非想在書衣之外，再束上一條燦爛奪目的腰帶而已，煽情之意，與露臍裝之功用相當。樸素的當然也有，可惜少之又少。最近買到董橋的《舊情解構》，腰封是余秋雨的文字：「名士情懷如窗外六朝之山，感情筆墨如簷下秦淮之水，一動一靜，亦仁亦智，而這種組合居然完成於南洋和英倫之間，真是奇蹟。」不過，細小的印刷和樸素的設計並不能排除廣告嫌疑，仍是蛇足。

　　如果說內封是書的內衣，護封是書的外衣，那麼腰封就是書的腰帶了，包書皮兒則是家製外套，層層書衣和書衣上的文字疊將起來，書裏面的字兒文章們會不會因為焐太厚而出汗？穿得太多是不是因為裏面的身體有些不盡人意？孫犁、管管、余秋雨的書衣文字我固然喜歡，但今天的大多為商業計的書衣以及文字卻令人大倒胃口，所以我現在更喜歡只穿內衣的白皮書式的裝幀。現在，如果買回一本穿得太厚的書，我要做的第一件事就是為它寬衣解帶。讀書猶讀女人，是一理也。

我為什麼不讀暢銷書

在我們這裏，有暢銷書這麼檔子事嗎？說老實話，我很懷疑。我只知道，有些書在市場上是銷得不錯，甚至在一段時間裏會成為人們談論的話題，但那暢銷的就算得上是暢銷書嗎？論銷量，中小學課本大概在國內算是銷量第一，但是大家都知道那不算暢銷書；排第二的應該是教參教輔類，也不能叫暢銷書吧；很多年以前，語錄本銷量極大，算不算暢銷書呢？國外的情形，好像是《聖經》的銷量最大，但那不是在暢銷書之屬。出版業發達的國家，對暢銷書似乎有些不太嚴格的定義，我們這裏大概還沒有，我們這裏有的只是暢銷的書——更多的是一種閱讀時尚使然，所以我的不讀暢書可以轉換成我不喜歡追趕那閱讀時尚。

我之所以不願意追趕閱讀時尚，還有一種很私人的偏見：我一直以為，暢銷的書是給不知道閱讀什麼的人準備的，而我知道我要讀的是什麼，那我為什麼要趕這個時髦呢？為投機的書商捐款的事情，我是很不情願的，況且他們已經算是暴富，而我只是一介書生，斷斷沒有讓窮人施捨富人的道理吧。

還有一個原因，我認為追趕閱讀時尚會養成一種非常壞的閱讀習慣，那就是永遠被別人牽著鼻子，像一頭盲目的驢子，圍著一個莫名其妙的軸在轉圈兒。久而久之，就會患上一種我稱之為閱讀強迫症的病。我有一位同事，他的手一旦閒下來的時候，就會不停在搓紙蛋兒，他的腳下每天都會有一大堆被揉得像身上搓下來的污垢一樣的紙屑，心理醫生認為他患有強迫症。我

覺得追趕閱讀時尚就像沒完沒了地搓紙蛋兒，是一種強迫症患者的行狀。當然他或者有揉搓的快感，但他獲得的就只是一些成了垃圾的紙屑。我想，我沒有理由把自己的閱讀變成一種垃圾製造行為吧。

我們的傳統中有一種閱讀偏執，所謂萬般皆下品惟有讀書高，以為只要喜歡讀書，便是一種可以自得可以炫耀的事情。很多喜歡接受媒體採訪的人，被問到業餘生活的時候，都會不失時機的說自己喜歡讀書。我知道其中的大多數人，也就是翻翻流行雜誌，讀讀傳媒上炒得最熱的書罷了，這樣的書，進而也就暢銷起來了。這讓我對我們這裏的所謂暢銷書，懷有一種本能的警惕，我對付它的辦法，就是等這種暢銷熱銷的東西放涼了再說，那時候如果它還沒有人間蒸發，再來讀它不遲，我一直固執地認為，沒有地一本書是非得要趁熱吞下不可的——雖然大家都知道熱紅棗好吃，但它並不是書。

我有一個不怎麼恰當的比喻，暢銷書有點像娛樂界明星，確切地說有點像女明星。人氣最旺的時候常常有大批的富豪去捧場甚至去泡她，當然大多是些粗鄙的暴發戶，他們並不懂得欣賞女人之美，他要泡的是名而非女人，目的在於以當紅的女人炫耀自己的實力，至於這女人是什麼樣的質地，則要另說。對女人的欣賞，富豪們私底下當然另有一套眼光。一個讀者對書，肯定也是各人自有一套眼光。我只是想說我為什麼不讀暢銷書罷了。

極品垃圾

這個題目得自一位網蟲的網名。在聊天室裏看到這個名字的時候，我感到眼前一亮，我點了它上去搭訕，但是它驕傲而且驕矜得就像我們在書店裏看到的那些精美豪華但空洞時髦的高檔期刊一樣，惺惺作態，然而千篇一律。

極品垃圾是這個年代大多數出版物的精神品質，正如英國藝術家理查‧漢彌爾頓所說，它是「大眾化的、片刻的、易忘的、可大量製作的、年輕的、機敏的、性的、迷惑的、商業的。」以時尚的方式與商業共謀，魅惑以至引誘喪失了自信心的購買者，令其獲得一種與時代同步的瞬間的具有自慰效果的心理滿足，供時尚和追慕時尚的白領們在每一個晚五之後消磨入睡前的那一段時光，但在下一個朝九之前它就已經失效，接下來的一個晚五就需要更新的替換文本。當然，極品垃圾做到了這一點，強大的商業內驅會讓極品垃圾製造者不遺餘力。八掛新聞、扮靚法術、最IN家居、咖啡地圖、職場策略、星相流運、美女俊男……，風流雲轉只在瞬息之間，一個追不上的人內心裏立即就少了一份安全感。今晚能否安睡以及如何安眠？極品垃圾就是時尚中人的健慰器和安眠藥。

不特如此，極品垃圾還是一針夠勁的興奮劑，令人在積極亢進和窘迫無奈間輾轉起落，在心理高峰與波谷之間脆弱地活著，以逃避那一個個非常難過的「經驗無能」時刻。然而，如此人生中生命的成績單經得起興奮劑檢測嗎？在極品垃圾的餵養下，人

也相應地「極品垃圾化」了：個體的人由此成了「大眾化的、片刻的、易忘的、可大量製作的、年輕的、機敏的、性的、迷惑的、商業的。」這就是我和網蟲「極品垃圾」聊天時的感覺。

想要開列一份我們當下的出版物中極品垃圾的名單是非常困難的，如果把這些極品垃圾一本挨著一本地攤鋪成一條垃圾之路，我想，它的長度大概足可以從北京鋪到上海然後再抵達廣州。當然，沒有誰會像我一樣愚蠢，極品垃圾消費者們通常的做法是交給樓下收破爛兒的去處理。寫到這裏，我可以告訴你這是我讀專欄作家沈宏菲的大著《時髦是毛，時間是皮》的一個感想。極品垃圾就是時髦的毛，長在時間的皮上，就像頭皮屑生在頭皮上，不讓它生是不可能的，不洗卻有著難言之癢。所以，毛與皮的共生與對峙就是生生不息、洗髮不止。我以為。

自己吆喝

在我的新書付印以前，責任編輯就開始了持續不斷循循善誘的思想工作：酒好不怕巷子深的年代已經過去了，宣傳是必要的，而且是重要的，否則你將被淹沒在別人聲如潮水的吆喝聲中。我當然同意編輯的看法，我也明白編輯的意思：適當的炒作是必要的。但我在情緒上仍然是忸怩的——我總覺得有點王婆賣瓜的意思。況且，我只是個作者，我又不是賣書的，而我的面前也沒有堆著一大堆爛菜幫子等人來蔶去。但是扛不住編輯的執著和耐心，倒讓我覺得自己好像已經欠了人家什麼似的，不吆喝有點不對住人。

但我還是不知道該怎麼吆喝。別人可以厚顏無恥，難道我也如法炮製？譬如爆個人隱私自賣的，滿世界地吆喝著「我不怕別人說我自爆隱私」；又譬如某個從國外回來的人說自己不怕別人罵她是妓女作家；像這樣有「膽」有「識」又敢「脫」的人，我一向敬而遠之，還要在私底下竊笑的。難道我也該以男人之軀效尤並與之為伍？更何況我也沒什麼可脫——因為我原本就沒讓自己穿上什麼華麗的外衣。當然，如此說法只不過是叫勁，我知道炒作要照著賣點找到由頭。如果沒有，那就想法兒造出點什麼來，而且越邪唬越好。就像娛樂圈那樣，實在沒什麼可說，就找個托兒攢點緋聞出來，然後再站出澄清——這是注意力經濟的手法——厚黑學之法？

　　最近一本自稱為首部心理小說的書，就玩了一把十分出奇的邪招。先是說要申報吉尼斯世界紀錄（聞所未聞的紀錄！），接著又說已經被北京一些醫院作為心理治療的藥方（蔬菜汁子當湯藥？），在媒體上炒得沸沸揚揚，可謂出奇制勝，令人噴噴。注意力有了，讀者的胃口也被吊起來了，當然，惡意炒作的嫌疑也有了。但是，當你以為可以揪住疑犯尾巴的時候，人家卻像壁虎一樣自斷其尾：你們看看我的屁股嘛，我何曾有尾巴來著？而媒體要的只是猛料，疑犯是猛料，沒有尾巴同樣是猛料。至於可憐的讀者們，只有掏腰包的義務；況且，作為讀者你已經看了熱鬧的猴戲，也不算白花錢。

　　我所在的單位最近登廣告招聘編輯，應聘者中也不乏會炒作自己的，自薦書弄得像假冒偽劣產品廣告，更有那不知天高地低的還要玩一個才子作派，在表格的最上方寫上：注意，此人是天才。不由我不感歎：都是厚黑學給鬧得！

　　才子當然很好，天才更好，但我恐怕伺候不起。好在自稱天才的人，在考試開始不到半個小時就悄然退場了，省去了我許多麻煩。現在每每讀到媒體上吆喝著推銷圖書的文字（新聞奇聞以及紅包上的書評），我就先怯了三分，而且，渾身起雞皮疙瘩，只好跳出三丈之外靜觀──不用我伺候，我知道須臾之後，它也會悄然退場。但我現在的難題在於，自己的新書已經出來，卻還沒有想好到底應該怎麼吆喝。怎麼吆喝呢？突然記起一出現代京戲裏的台詞兒：「磨剪子來──鏘菜刀……」就這麼著吧。

大開眼界

　　我要說的並不是妮可·基曼主演的那部叫做《大開眼界》的電影，但我仍像這部電影裏湯姆·克魯斯走進那座奢靡的私人別墅時一樣感到大開眼界。那天我走進精品書三折賣場時的吃驚不亞於克魯斯走進那個私人別墅，我一向自認是個懂書的讀者，這回卻要為自己的孤陋寡聞慚愧。這個賣場裏所謂的精品書就是那種成套成箱的硬面精裝書，從時尚到古籍，從工具書到世界名著，從複製的線裝書到精印的圖畫攝影，應有盡有，書價從數千元一套到數萬元一套，包裝從紙箱到精製的書匣以至木櫃。坦白的說，這樣的套書，以前我只是耳聞，我不知道這樣的書會賣給誰，當然，現在我也不知道誰會去買。

　　當然，如果是三折的話就不同了，三折我也會動心。在偌大的賣場裏巡視了一圈兒之後，我甚至有了想把它們全都搬回家的想法，我知道這是書生的毛病，一個書生一旦發了昏，總是會把許多無用的東西弄回家。可惜我當時並沒有裝那麼多錢，不過，也幸虧我當時沒裝那麼多錢，因為，到了第二天，我就連再去看看的慾望都沒有了。我不知道那麼多甚至比炮彈箱還要沉重的東西弄到家裏以後我將怎麼辦，我還沒有奢侈到用它砌牆或者壘起來當床睡的程度。

　　一個讀書的人他的經驗是平裝的薄冊子最容易讀，譬如《魯迅全集》這樣的硬面精裝書，我也有一套，但它幾乎很少被我翻動，我讀的時候更喜歡捧著那些單行本，這樣一來我的手腕和心

靈都不會被壓痛。至於那些巨大的磚頭，我經常搬弄的只有辭典和百科全書，而我的家裏又沒有多少牆需要用書來砌。我相信絕大多數讀書人和我的想法差不了多少。

那麼這樣的書賣給誰呢？我相信做書者的目標市場肯定不是我這樣的主兒，我猜測，他們的目標是鎖定在有錢人那裏的，也許更多的是做給粗鄙的暴發戶拿回家去附庸風雅冒充博學用的。說的好聽一點就叫做收藏吧，但這收藏的目的也只在聚斂，只在陳列，只在賞玩——褻玩？這是一種服膺於時尚的收藏，炫耀是首要的功用，至於書籍本來的意思，已經異化為一種營造家居氣氛的擺設。我無意反對有人以這樣的一種新鮮的玩法來擺弄書，但是如此包裝與印製都堪稱精美的書卻如此大量的走進了三折賣場，多多少少還是說明了一點問題。現在我覺得除了令我這等迂腐的讀者大開眼界之外，它的用途其實也非常有限。或者說，是製作者將公眾的書趣引向了歧途，作為報復，製作者自己也只能陷入難於自撥的市場泥坑。

玻璃樽或套頭絲襪

　　奢靡之風似乎有不可抵擋之力，並且早已刮到了書業，包裝精美的豪華本觸目即是，做出這樣的書來，彷彿並不是讓人讀的，而是用來修牆、用來觀賞、用來供奉的。當然，需求刺激生產，這道理我懂。有人要用紙磚來裝修廳堂，有人只喜歡賞玩書皮兒，有人虔信几案上供奉著書本比供奉財神更得體更雅致，我都非常理解。但是現在有一種包裝卻令我非常不解，一套或者一本，被透明紙塑封得嚴嚴實實，如同囚在玻璃瓶子裏的魚兒，鮮豔，但卻不會游動。

　　那天下午陽光很好，當然，心情也好，去逛書店，看到一套翻譯的外國詩集，其中有三本竟是我的詩人朋友所譯，心情更好。隨手取下，準備翻閱，但卻無法打開──它們是被封在透明的套子裏的。不打開看，我怎麼知道需要不需要、值不值得買呢？於是找書店經理交涉，經理當然也有理：你打開之後如果不買，包裝破壞了我怎麼賣？我只好悻悻地把書放回書架，目光掃向別處，才發現，如此包裝的書並不在少數，書和書的作者，都安靜地站在玻璃紙後面，眼神和表情都有《玻璃樽》裏被舒淇看到的紙條上的字樣：我很寂寞，你呢？

　　我的心情頓時壞掉。董橋在《不穿奶罩的詩人》裏寫道：「下午三點，陽光把倫敦罩成一顆水晶球。」而我的感覺是陽光把書店罩成一顆玻璃球，讓我感到非常憋悶。

　　書籍的包裝就是書的衣服，但這「玻璃樽」算是一件什麼樣的衣服呢？忽然想起女作家閻紅關於衣服的說法：「有禮服型的，炫耀體面；有家居型的，舒適自知；就算是條大圍裙吧，也挺實用。而你這件衣服卻是實驗型的，拿聚乙烯做的……這樣的衣服，有其前衛性、參考性，令人深思，引人遐想……」而我當時的遐想卻是這「玻璃樽」式的書衣就如同警匪片裏的劫匪套在頭上的絲襪。當然一本頭上套著絲襪的書企圖打劫的只能是讀者的錢包，可惜的是一本書最具說服力的武器也被封在「玻璃樽」裏面了，如此打扮，所取的姿態也就只剩下蒙倒一個算一個了。

　　不過，像我這樣的讀者是不容易被蒙倒的。隔著「玻璃樽」看裏面那寂寞的作者，隔著絲襪摸裏面那寂寞的書，大不了也就是把好心情摸成偶然的壞心情而已。

讀書指南

　　我們的生活為什麼擺脫不了閱讀？幾乎有一年的時間，我總是在問自己這樣的問題。這問題看起來是如此奇怪，就像人們不斷地問登山家為什麼要登山，登山家實在給不出令人滿意的答案，只能無奈地說道：「因為山在那裏。」這句話後來成了一句名言，但是說出它的英國人馬里洛卻謎一樣地消失在了世界上最高的珠峰之下。

　　這個類比和讀書有文化血脈，我們的生活為什麼擺脫不了閱讀？因為書在那裏。書猶山也，所謂書山有路勤為徑。不過，我相信這辦法只適合古代，在今天這個汗牛充棟垃圾成山的出版年代，僅僅勤勞勤奮是遠遠不夠的，不僅對付不了書山，而且還會在山中迷失，像馬里洛一樣消失得永無消息。

　　為了不迷失，就得有地圖，也就是需要一個讀書指南。學院裏的教授最會弄這種事情了，在講義的後面附一個參考書目，關於本章本科的精要之書都在裏面了，學生可以緣此登堂入室。有時候名人也被請出來開書單子，以指導青年閱讀，譬如魯迅、胡適之、朱光潛、蔡尚思等大家，就開過這樣的單子，算是讀書指南。當然他們更多的是針對治學與修為，與大眾的當下閱讀稍有不同。

　　大眾的當下閱讀更多時候要仰仗媒體資訊，所謂新書推介之類，就是從多如牛毛的出版物中，拎出幾本來示眾，加以表揚或者給予批評。這樣一來便產生了問題：大眾的閱讀通常是被媒體

操縱的。而當媒體的話語權一旦放縱起來，大眾拿到的便不是閱讀指南而是一份書籍八卦了，更兼險惡的商業滲透，媒體上的新書推介更多的變成了廣告。

然而，沒有什麼人願意自己的閱讀被廣告左右，我自己就是這樣，寧肯在書店裏瞎撞，也不願意相信出自槍手的所謂推介文章。當然，我有時候也會讀讀這樣的文章，看看他們如何勉力地撒謊和鼓吹，如果他們偶爾不撒謊，我就會看到他們的個人趣味以及文化品質，通過這種閱讀還真使我認識了不少人的面目。譬如我最近在一家報紙上看到一位頗有名氣的評論家所推薦的年度文學新書，看到這個書目，我就知道他是從來不會自己花錢買書的，他只會讀送上門的小說，如果這其中有送書者使了銀子，這人的書必定會出現在書目中間。

我之所以說這些，意思是閱讀指南尤其新書推薦之類常常是靠不住的。不過話又說回來，如果我們的閱讀本來就很無厘頭，那就另當別論了。譬如法國作家、評論家普魯斯特在上個世紀說道：人們既不想過多地接待客人，又不能永遠打電話，那就只好閱讀。他還說過更過份的話：人們只有在走投無路的時候才閱讀。再進一步，更極端的說法也有人提到過：並沒有哪一本書是非讀不可的。事已至此，讀書指南之類可以取消了。

非典型性閱讀

在小說《鼠疫》的標題下面，達尼埃爾·笛福的這句話：「用別樣的監禁生活再現某種監禁生活，與用不存在的事表現真事同等合理。」大概可以算作題記吧。引用如此「哲學化的」句子作為題記，很符合哲人作家卡謬的身份。而我們，只是到了特殊的處境下，感同身受的理解力才能被喚起。SARS流行時期，我知道很多拘守在家裏的人，從書櫃裏翻找出了《鼠疫》在讀，這算不算是一種「別樣的監禁生活」中的表達？

拘守在家的日子是閒的，但內心的緊張難以克服，除了時時關注病毒流傳的消息之外，還有很多揪心的問題被「逼」到了面前，很自然地想到多年前曾經讀過的《鼠疫》。當此時也，《鼠疫》有了緩釋緊張、消除恐懼和增強信念的複合療效；同樣是當此時也，這個「非典性肺炎」流行時期的閱讀，也成了一種非型性的閱讀。在這期間，我就接到過N個朋友的電話談及《鼠疫》，可惜我的那本八十年代初買的《鼠疫》並不在手邊，沒法體會這種非典型性閱讀的奇妙之感。

那天陪放了暑假的兒子去書店買教輔，發現《鼠疫》在暢銷書櫃臺上最顯眼的位置，赫赫然傲視群書與群眾，顯眼的程度著實令我感到吃驚。無論我多麼有想像力，卻從來也沒敢把卡謬的小說想像成我們這個淺薄的圖書市場裏的暢銷讀物。可見書販子的想像力遠在讀書人之上，而商業的想像力也遠高於文學的想像力。SARS促銷了卡謬，真是奇妙的商業事件。

　　其實，這間書店裏的《鼠疫》，我就發現有四個版本，而這本擺在暢銷書櫃臺上、印有名家推薦字樣的《鼠疫》，定價遠高於另三個版本；我同時還發現，更多的人選擇了這本放在暢銷櫃檯上的價格更高的書。我知道這些人是被非典型性閱讀裏挾進來的，他們大概並不知道這《鼠疫》很多年來就一直擺在書店裏，個別版本甚至是驚人的低價。當然，這些讀者（甚至書商）大概也很少知道，《鼠疫》這部20世紀的不朽的世界文學經典在它自己的國度，在法國小說中一直都是銷量居於前茅的暢銷書。而我們這裏的許多人，只是因為SARS流行中的特殊處境，才突然想起了《鼠疫》，真是可歎。所以我會特別提到卡謬在書前引用的笛福的那句話，現在讀來，意味更深，彷彿卡謬早先就已經為我們遭遇到這種處境想好了臺詞。

　　當然遠不止於臺詞，當《鼠疫》遭遇SARS，經典之作的力量立即魅力四射，同時也映照出了流行寫作的蒼白。經過了SARS之後，淺薄之徒們誰敢再放狂話說經典的時代已經不再？

千萬別把我叫上

在王朔的小說《一點正經沒有》裏，那個一點正經沒有的馬青對楊重說：「你們搞文學怎麼不把我叫上。」這話擱以前、擱王朔的小說裏，算得上是一深有意味的諷刺，擱今天，人們肯定已經覺得非常無趣，而且，沒勁。不過也就是這麼一說吧，實際上，文學青年是層出不窮的，像韭菜一樣生長迅速，割了一茬又一茬。現在的情形是，搞詩歌的，肯定不會忘了把身邊的GG、MM們都給叫上。

要說這詩歌它已經走背字多年了，不僅無名無利的，甚或還要遭人哂笑，這麼上桿子到底是為嘛？——我是一俗人，這麼想問題您千萬別見笑。當然，我也不能因此便以俗人自居，順便就把人家青春血管裏燃燒的詩情給抹煞了。再者說了，咱國以前出過許多不為名不圖利的楷模，咱也不是不知道。但人家那算是為人民服務的高尚之舉，這GG、MM們一齊邀上搞詩歌算是一什麼「舉」？我的榆木疙瘩腦袋仍然免不了有點懷疑。

有懷疑當然就要細究，誰讓我是一忒認真之人來著。因為我好歹也是一混跡詩壇多年的主兒，詩歌內部的事情多少知道一點，即便出言不遜，也不能算驢槽裏伸出的馬嘴。上世紀末在京郊盤峰賓館，詩歌界內部兩股主要勢力分別號稱為「知識份子寫作」和「民間寫作」的之間有一場論爭，結果是後者占了上風。而後者主要由一些操口語寫作的詩人構成。論爭之後，被認為「多年低迷」的詩歌驟然內熱並迅速演化成了傳媒熱點。「口語

詩歌」因之大行其道，並迅速蔓延成為遍地「口水」，我這麼一個讀詩之人，也感到有點要被唾沫星子淹沒的感覺。當然，我的感覺肯定不能構成詩壇事件，構成事件的只能是主角兒「口水」。

　　吐唾沫誰不會呀？張嘴就來，又不是在上甘嶺那會兒。搞詩歌的，當然不會忘了把身邊的GG、MM們都給叫上，大家一齊吐唾沫，口水淋得遍地都是，多好玩啊！私底下在同仁刊物上吐倒也沒什麼，哥幾個本來就是些埋汰人，互相之間不僅不會不待見，而且惺惺相惜，互相欣賞；在網上的詩歌屁屁愛死上去吐也沒什麼大不了的，而且是一更大的樂子，屁屁愛死嘛，招誰惹誰了；現在的問題是吐到一些嚴肅正經的文學刊上來了，這就有點來者不善——最起碼不能算是善舉。糟蹋詩歌倒也罷了，問題是連我們的漢語也一併給糟蹋了，這讓我有些憤怒，但我一直怒不敢言——怕落下打擊壓制年輕人的罪名，所以忍著。當然，私下裏還是頗有些微詞的，結果被譏之「廉頗老矣，尚能飯否？」

　　我當然知道，在詩歌的難度被取消之後，自己真地現出了老態。老了口腔就沒有年輕人那麼滋潤，吐唾沫這種遊戲是玩不了的，你們搞詩歌，千萬別把我叫上，老了老了，丟不起那人。卻之不恭，就算老夫這廂無禮了。

遠離強姦者

　　那天在書店裏看到一套弗羅斯特的詩文集，上下冊硬面精裝，很是誘人。弗羅斯特是我喜歡的美國詩人，以前唯讀過幾十首他的詩作，現在看到這樣一套很全面的詩文集，大為興奮，毫不猶豫地就從書架上拿了下來。但是，草草地翻看了幾頁之後，我又悻悻地放回了原處。那詩意與文采盡失的譯筆，讓我懷疑自己看到的是另一個弗羅斯特。

　　類似的事情接著又發生了，一套世界百年經典詩歌叢書和另一套20世紀世界詩歌譯叢帶給我的是同樣的失望。所幸者，我對這些詩人的作品還有所瞭解，不至於在拙劣的譯本面前喪失掉判斷力。但是想到更多無辜的讀者，當他們讀到這樣的中文版的外國大師的時候，不知道會是什麼滋味。

　　香港的董橋先生，對翻譯有一種極好的比喻：好的翻譯，是男歡女愛，如魚得水，一拍即合。讀起來像中文，像人話，順極了。壞的翻譯，是同床異夢，人家無動於衷，自己欲罷不能，最後只好「進行強姦」。

　　被中文強姦了的外文，被譯者強姦了的作家和詩人，是什麼樣的？現在我們在書店裏到處都見得到，披頭散髮、面色憔悴、鬼話連篇、囈語不斷的就是。藝瀆外文，也藝瀆中文。

　　譯事艱難，甘苦寸心。但是現在偏有那學了些洋文的，拿自己腦子裏的幾千個單詞當資本，像一套電腦翻譯軟體，沒心沒肺、有大不敬地開幹了，譯事只被簡單地當成了一個活兒，一單

生意。這樣的譯者，誰敢信任？前些年頗為暢銷的據林語堂的英文著作翻譯的《中國人》，把「國姓爺」鄭成功譯成了「小星伽」，周作人譯成周樹人，「老子」譯成「老小孩」，連中國人寫中國人的英文著作尚且譯成這樣，更何況其他？對比一下朱生豪譯的莎士比亞、傅雷譯的羅曼・羅蘭和巴爾扎克、查良錚譯的普希金，不由人不怒從心生，悲從中來。

王小波在他的創作談中一再地提到王道乾譯的瑪格麗特・杜拉斯的《情人》，他說是王的譯本影響了他的創作文字；相反地，拙劣的譯本呢？我以為，那必定是些慢性的文字毒藥。不過，我現在已經有經驗了，錯誤和挫折教育了我們，使我們變得聰明起來了。買翻譯作品，首先買的是譯者，而不是什麼名著或者大師。中文譯者的高下，就是原文裏名著和大師的高下。如果看到那些上下其手心急火燎的「強姦者」，現在我就會逃之夭夭，這時候我堅守寧缺勿濫的買書原則。

手稿與處女

　　對於尚未出版的作品，作家們在以前或者說以前的作家們，通常都是秘不示人的，即使偶爾被問及，也都是遮遮掩掩或者羞羞答答的樣子：等出來以後再看吧。語氣中含著謙虛，含著忐忑，含著謹慎，有時候也含著自信。然而現在的情形大不相同了。近兩年我就看到不少作家寄送給我的手稿──確切地說，也不是手稿（電腦寫作的時代還有多少手稿呢？），而是即將出版的書稿。起初我是很有些受寵若驚的，就好像人家把我領進了他即將出閣的女兒的閨房，莫大的信任令我心血賁張，感到有一種特許偷窺的激動和興奮，不過我並不敢放肆造次，我的小心、認真、謹慎從事以及縮手縮腳的樣子不難想像。但是作家們的坦然與大方令人吃驚地溢於言表：看，只管看；摸，隨便摸。那意思是，我希望你能上下其手。

　　當然，看了也不能白看，摸了也不能白摸，看完摸完你就得不辱使命地說點什麼寫點什麼了。譬如，臉側的這顆黑痣算不算不美人痣？你能不能提供一些有說服力的依據讓它成為一顆美人痣，或者，把這顆痣移到乳溝附近會不會更性感一些？作家們在這個時候顯得異常謙虛。譬如，你覺得是把她打扮成清純玉女型、端莊淑女型還是浮浪輕薄型更有意思一些？作家在這時也很會照顧別人的情緒懂得尊重別人的感受：如果你覺得這樣做實在太覺得委曲自己了，那你乾脆就開罵，你不是酷評家嗎？你們寫酷評的是很會罵人的，罵得越狠越好，你覺得怎麼罵過癮就怎麼

罵，總之要罵出動靜來，把我本人捎進去也沒關係，如果能產生「醜聞式轟動效應」更好，到時我絕對請你喝酒。

現在我終於知道那些在書未出版之前就在傳媒上先聲奪人的評論、那些在書甫出版已經沸沸揚揚的喝采與叫罵、那些印在書前書後封舌封底的聳人聽聞的高見、俗見或者異見是怎麼回事了。因為和我一樣被「充分信任」的大約幾十個人呢，我們先睹為快地在作家們「心愛的女兒」出閣之前已經分別被邀請以私密的方式掀開過她的紅蓋頭，他說：「看，只管看；摸，隨便摸。」然後他說：「你說，放開說；你寫，一定要寫。」一部長篇小說在出版之前就這樣被糟蹋或者說被梳裝打扮了，當然主要是要有個好的賣相要能夠盡可能地吸引眼球。

知道了這其中的貓膩之後，再拿到作家們寄送過來的書稿，我已經不會再激動和興奮了。我禮節性地拆開包裹，胡亂翻上幾頁，然後放到一邊，即便「她」真的是個美麗的處女，我也不再看不再摸。如果寄書稿的人催逼得太緊，我只好推說自己很忙。

先吃皮兒再說餡

有一種說法嘲笑讀書偷懶的人，說他們讀書唯讀前言後記。這種說法裏所指的懶人，據我所知大約兩類。一類說的是應景兒的評論家，尤其是現在專為炒作圖書的報刊書評欄的作者們，他們應酬多，約請撰稿多，而現在圖書出版也是多而且快，當然好與省就談不上了。而這樣的書評專欄的作者，哪裡有那麼多的時間把每一本書都去細細讀過一遍呢？討巧的辦法，就是唯讀前言後記之類，然後在第一時間裏拿出文章以應圖書上市之急需。另一類是指喜歡以博覽群書自居的人，他們讀書的目的只在於增加談資，古今中外，書裏書外，逸聞趣事，無所不知，以在不同的場合炫耀博學。對於以上兩類讀「書」者，前言後記所提供的東東，不但恰好夠用，而且正合其用。

當然，做學問和讀書為業的學子們，如此讀書法卻萬萬不行。不過，書店裏更多的書並不是為作學問的先生和讀書為業的學子準備的，所以其他人就可以例外。我說的例外就是其他人不妨唯讀前言後記，或者，先讀前言後記，至於這書的瓤子還要不要再讀卻須另說。在現在這個出版物垃圾成山的年代，有多少書是需要我們用心一讀的呢？我其實也很懷疑。誰知道那一張張精緻精美的皮兒裏包的什麼樣的餡呢？以前面提到的書評家們的讀書法，書評已經多半不大可信——它只是書皮兒的皮，誰知道裏面的餡兒到底是純肉還是水菜，抑或裏麵包著的只是些黑心棉呢也未可知。所以我倒是主張，對於大多數的新書，我們不妨唯讀

前言和後記，讀過之後且把這書放冷了再說，以我的買書讀書經驗，這種先吃皮兒再看餡的冷處理，不失為一種事半功倍的辦法，能夠收到多快好省的效果。

不過，遇到那既無前言也無後記而且不設序文，直接把餡兒端到你面前的出版物，就要犯難了。這樣的書，在今天這個出版物氾濫的年代裏，就很有些考驗我們讀者鑑別力的意思；不過，反過去也是對那書的考驗。書與讀者的關係似乎就是這種互相考驗中的戀愛，好在讀者慢慢地都會成為戀愛經驗豐富的人。唯讀前言與後記也是讀者與書的戀愛兵法之一種。

當然，唯讀前言後記也有吃苦頭的時候，譬如遇到像梁啟超給蔣方震寫序這種事情，梁啟超為蔣方震的《歐洲文藝復興時代史》寫的序言《清代學術概論》之長，竟然超過了原書，達十萬言之多，最後只好以單行本另外出書，梁又反求於蔣為這序文寫了序。好在這樣極端的事情並不多見。不過，這倒可以反證，讀書唯讀前言後記其實是很有道理的。如果把這極端的例子加以極端化，許多的所謂書「瓤子」，大約也就是前言的前言或者後記的後記吧。

紅樓掌燈

　　近年來，關於《紅樓夢》的書漸熱，在一些書店裏的顯要位置，在暢銷書櫃台，甚至在撮堆兒地碼著，紅豔豔一片，引人注目。如此出版現象，敏感多心而又好事之的人，自是覺得嗅出了什麼味道；什麼味道呢？好事者狡點一笑，表情詭異而且曖昧，但好像又難於說得明白。紅學家周汝昌的女兒周倫玲在《定是紅樓夢裏人》的編後記裏有一段話：「今年伊始，我在報紙上看到這樣一幅漫畫：父親腰板直立高舉『紅學』大旗，昂首闊步前進，後來者緊緊尾隨……，標題是周汝昌再度引發紅樓熱潮，『紅學』春天重來。」果真是什麼樣的天重來了嗎？周倫玲接著說道：「我不禁捧腹大笑。」

　　《紅樓夢》打從1792年一百二十回本正式出版，兩百多年來，似乎一直聚訟不斷，尤其進入二十世紀，《紅樓夢》研究幾度成為顯學，「紅學」著作汗牛充棟，早成決決之勢，靠研讀《紅樓夢》吃飯的人成千上萬，甚至讓人感到那已經不是學問，而是一個飯碗了。百年來，這部偉大的著作，真的是大到了達天及地的地步。魯迅先生在《集外集拾遺·〈絳洞花主〉小引》中說：「《紅樓夢》……單是命意，就因讀者的眼光而有種種：經學家看見《易》，道學家看見淫，才子看見纏綿，革命家看見排滿，流言家看見宮闈秘事……」當然還不僅僅是看見，期間訟事之大，甚至驚心動魄。1954年山東大學的兩個學生李希凡藍翎與

紅學家俞平伯的官司就鬧到了讓毛澤東關注的地步，算是紅學政治的一個特例？

然而現在的『紅學』小熱，在我看來卻純是出版經濟。《周汝昌點評紅樓夢》連印四次，讓敏感的書商們看到了商機，接二連三地推出了周汝昌、劉心武、王蒙等人的讀「紅」筆記。周汝昌的著作今年有八本出版，或為舊做，或為報紙專欄結集，而《定是紅樓裏人》說的則是張愛玲與紅樓夢；王蒙的《紅樓夢啟示錄》早在十幾年前就由兩岸三地出版；劉心武的《紅樓望月》也是十多年前《秦可卿之死》的一再擴編與修訂，《劉心武揭秘紅樓夢》則是央視十套百家講壇的講稿，而這講稿又不過是脫胎於《紅樓望月》。此乃商機，非關政治。

然而，書店裏攝堆兒碼著的那引人注目的紅豔豔一大片，卻讓敏感多心而又好事者大動了一番小腦筋。不止一位已經七十望八的長者諄諄囑我，你們弄文化弄文學的，要注意這個新動向，其中一位宦海沉浮一生的長者，竟然問我：這是個信號啊，文化界是不是又要出什麼事情了？令我吃驚地啞然，進而失敬。更有那年富力強的五十多歲的文化人要與我討論這個問題，這回我已經不是吃驚，而是也「不禁捧腹大笑」了。他們緊繃繃地繃了幾十年的脆弱的神經，大概是被紅豔豔一片的『紅學』書再次撥動了，大笑之後，我有深深的悲哀，替他們感到可悲可哀。於是我對要與我討論這個問題的傢伙說，我可以負責任地告訴你，這次的紅樓小熱中，大部分的書皆出於我的一個書商朋友之手，這個精明的商人，接二連三地推出『紅學』隨筆，並且借了周汝昌、劉心武在央視百家講壇的講座之勢，大肆炒作，賺了個盆滿缽滿。當好事之人在那裏顫動著脆弱的神經的時候，書商已經在數錢數到手發困中偷著樂了。正所謂：紅樓掌燈原無事，杞人驚豔

因有疾。畢竟都是些善良小心有過驚弓之嚇的好人，我就不說他們有病了。

書臉兒上的粉

　　但凡做書的都知道，一本書要想在市場上走紅進而賣好，真不是件容易的事情。撞大運的年頭早就過去了，現在已經到了必須運用心智策劃的時代。策劃的第一要義在於選準賣點。賣點既是炒作的由頭，也是賣好的關鍵。坊間現在有一本書正在熱炒與熱賣之中，做書的顯然深諳商業時代的運作之法。

　　這本叫做《愛情伊妹兒》的書。據稱，是一本紀實小說，作者是許多年前一個驚人事件中的人物英兒（李英，或者麥琪）。作者的三個名字，在封面上印著，很顯然，一個都不能少；同時印在封面上的，還有作者的照片，似乎飽經滄桑，亦且風情萬種。印在書名下面的三行字雖然小點，但絕對不能小視：「和G在一起的時候，我感到的是生命中的純潔；和F在一起的時候，我感到的是生命中的使命；和Z在一起的時候，我是幸福的。」G即顧城，Z即劉湛秋，F則是作者的前夫。

　　誰都知道有粉要擦到臉上，做書的更是精於此道，封面戲做足，書便可以粉墨登場。好了，現在讓我們看看這書臉兒上的粉墨透露給我們的關鍵字吧……

　　1.「愛情」，絕妙好詞兒，15至25歲的青年最喜歡談也最熱衷於玩的一種可以令人驚心動魄的遊戲。2.「伊妹兒」，時髦的熱詞兒，與網路沾邊的都能感受到過電的感覺。1＋2＝「愛情伊妹兒」即網路情書，有點意思了吧？3.「紀實」，當下最暢銷文體，催淚彈與窺視鏡的結合體，吾國廣大讀者之所好也。4.「美

女作家」，依閱讀經驗，絕對有私秘故事可看。加上作者的三個暗含著不同背景的名字，以及G、F、Z，想像的空間更大也就更有意思了。5.「情感隱私」，從《絕對隱私》開始持續不斷的熱銷題材，況且作家已經明確地表示過了：為了說了真相，不怕自暴隱私。1＋2＋3＋4＋5，僅僅只等於熱銷與熱賣的可能性，真要從書海裏脫穎而出，還得有令媒體（黴體？）刮目的猛料，足以構成書業和娛（愚？）樂雙重的強檔新聞才行。所以，6.「英兒八年來首次面對北京燦爛陽光」，以及不怕「招來出賣隱私的指責」，都是非常必要的。

這樣一來媒體（黴體？）總可以說點什麼了吧？當然！當然！到此時還不猛撲熱炒的媒體，那肯定是十足的黴體無疑了。不過，無孔不入的人精兒充斥的媒體，絕不會傻到只是自個兒愚樂自個兒的程度，他們早就張開大版面伺候了。

做書者的心智運動至此已經逼近成功，就要在熱炒的旗幟下集合起上百萬碼洋奔赴全國各地的熱銷的戰場了，鈔票在望就是勝利在望。這時候，還有誰去關心那書呢？當然首先是作者，她要自辯，她要留下情感記憶，但這早在寫作之時就已經完成了，現在，剩下的也許只是與做書的分帳數鈔票了。而我作為一個讀者的關心，則是書的價值幾何與是否可讀；以我的私見，如果沒有更多的閒心與閒時，如果還有一兩本更有意思的書可供消磨，對這類只具有書臉兒價值的書，看看媒體上的新聞也就足夠。世間本沒有什麼非讀不可的書，而坊間現在多的是剝掉了書臉上的粉便再沒有什麼可讀之處的東西，把這本《愛情伊妹兒》留在書店這個巨大的信箱裏而不去打開，我相信，也絕不會有任何遺憾。不就是讓我們看個擦了粉的書臉兒嗎？我們現在已經知道了。濃妝豔抹，扮相入時，僅此而已。

恐怖小說嚇著誰了

　　號稱恐怖小說之王的史蒂芬・金，在美國鬧得動靜大了，無論是小說的印數還是據其改編的電影的票房，都讓一干人等海賺了一筆；上世紀90年，金的小說被大批量地販到中國，好像也沒把誰給嚇著，倒是聽說在香港看恐怖片的時候有被嚇死的。想想大約是國情不同，內地生活中缺乏能夠讓金的小說中的恐怖因素滋生氤氳起來的環境。操著文學心的人便有一個號召，要弄出真正中國當下的恐怖小說來，讓你白天裏疑神疑鬼，到夜晚睡不著覺，睡著時惡夢纏身，早上起來仍然抱著恐怖小說愛不釋卷。

　　您別說，真還就有人調轉筆頭，迅速入巷。先是給人感覺特面的丁天弄出一張《臉》來嚇人，打著「同內首部新概念恐怖小說」的旗號，但是這張紙臉兒似乎沒把誰給嚇著。沒準兒把書商給嚇著了也未可知，反正擺在書店裏，跟史蒂芬・金的遭遇沒大區別。最近的消息是周德東推出《733恐怖系列》中的兩本，打的是「第一套中國本土恐怖小說」的旗號，並有豪言壯語「以每60天一部的速度寫下去，將恐怖小說進行到底」，呶的是哪一門子的勁真讓人莫名其妙。相繼準備揭杆而起的作家，捴說已有數十位。接下來，書攤上將要彌漫的「恐怖」之氣，似乎已經隱約可見了。

　　然而，恐怖小說嚇著誰了？

　　丁天雖然拿著一張恐怖的紙臉兒嚇人，但那真實的《臉》卻依舊是面的，就像他此前的非恐怖小說一樣。連丁天自己也有

點不自信，在《臉》之後，連忙說要寫一部真正意義上的恐怖小說，意思很明顯，他也知道《臉》不行；丁天在南方的報紙上開專欄「一個恐怖主義者」，說起來頭頭是道的樣子，倒像是個老道的恐怖小說專家，但真到開練的時候，能把誰嚇著還很難說。周德東那兩本由陳舊的鬼故事串起來的東西恐怖得實在是有點捉襟見肘，你以為文字粗糙內容簡單的鬼故事就叫恐怖！而且，60天一部。逗誰玩啊？拿碼字流水線當恐怖酵子使啊？頂多把急於發財又沒文化的書商給嚇著。

中國的作家，身上倒是都有給嚇出來的毛病。以前是讓政治嚇的，只能小心地跟著政策走；這十多年來是給鈔票嚇的，生怕自己被落下，慌慌張張地跟著市場走。作家的內心裏倒真有些恐怖因素，但要說到恐怖小說，可沒那麼簡單。你以為扮個鬼臉胡謅八咧就能把人給嚇著？唬誰呀！在小說行當裏，真正好的恐怖小說算是高難度動作，推理、氣氛、心理、結構、故事乃至知識、人生、人性、哲學，全在裏面，除了刺激與快感之外，還有攝人心魄的人性的力量，你以為是小孩子就地打滾兒弄個一身土滿臉泥就可以把人給嚇著？弄得不好真把書商給嚇跑了，也就剩下嚇自己一身冷汗了。先擦擦吧。悠著點兒，您哪。

驚豔與恐懼

　　我有一個謬論，曾經寫成文章，叫做《不贈書說》。大致有兩個意思：一是書既出版，便成明碼標價的商品，贈書如同把鈔票送人（僅管只有十幾二十幾塊），我為什麼要把鈔票拿來送人？無論對方是生人熟人官人文人，都顯得莫名其妙，甚至，有些說不清道不明的曖昧；二是覺得有些強人所難。對方喜歡你的文字，倒也罷了，若是不喜歡呢？人家是讀還是不讀？是勉強收著還是轉身仍掉？個中意味，細究起來，還真有些曲折深奧的人際問題。累！不如不送。所以，我的書只送給張口索要的人，甚至不怕因此得罪了朋友。

　　沿著我的謬論反推，許多人就有些故意冒犯我的意思。他們出了新書，忘不了簽上大名贈我一本，批評雅正云云，著實令我作難。好在我還算善解人意，贈書者的意思，無非是告訴我他出了一本新作，讓我收著作個紀念，並不是真的指望你批評雅正來著。況且我有敬惜字紙的毛病，絕對不會轉身仍掉，沒準兒什麼時候翻一翻，翻出點心得來與作者討論一番也是有可能的。如果我沒有立即閱讀並且作出回應，贈書者當然也不會不理解。最令我恐懼的，是那些贈書之後，三天兩頭追著我要書評的人，彷彿我收了書就是貪官收了賄賂者的鈔票，就已經欠了他一筆，就必須為他辦事情，不容我保持一點點自己的閱讀自由。真的是冤莫大焉。

　　最近就有這麼一位自稱女作家，但絕對不願意別人稱她「美女作家」的主兒，送給我一本長篇小說。扉頁上介紹說她在一年多的時間裏寫了八本長篇小說，令人吃驚地高產，同時令人不可思議地……驚豔！我揣想她的意思，就是想告訴我她一年出了八本小說而已。因為此前她只是一個通俗期刊作者而已，一直沒有被人當作家看，我知道她對此忿忿已久。現在自是不同了，出有八本小說，總該算是個作家了吧。我想，她大概就是這個意思。誰料，沒過幾天，她就又是電話又電郵，問我讀了沒有，催我寫寫書評。來勢洶洶，令人恐懼。仔細想過，她既不是我的朋友，而我也並未欠下她什麼，既無人情之債，亦無金錢之債，也就是收到了她託人轉送的一本定價十八塊錢的書而已。我既沒有閱讀的興趣，也沒有轉身仍掉的惡德，怎麼辦？原封不動地寄還給她？但是，我如此做，又顯得不夠厚道了。

　　我知道這是一位有些錢而且有些閒的女人，當然，這樣的女人尤其有自尊心，輕易傷害不得。閒著寫點書玩兒，就是異常自尊自愛的表現。如果再弄出點社會反響之類的大動靜，就可以叫做自強；接下來，一不留神又賺了大把的版稅，肯定算是自立了。自尊自愛自強自立全部齊活兒，簡直就是女性主義之楷模，但是，我感到恐懼。然而，今天的書店裏，多的是這樣的女作家之大著，不由人不感歎，女人發起狠來，真是了得。

　　許多年以前，英國的女作家沃爾芙說過這樣的意思：給女人一間自己的屋子和每年五百鎊的年俸，她們就能寫出傑作。我們這裏現在的情形則是，有錢有閒而且自以為是的女人，都貓在家裏寫書呢，至於她們的書裏都寫了些什麼，我就不得而知了。我現在所能知道的只是，前面那位在一年多的時間裏寫了八本長篇

小說的主兒，確鑿無誤地印證了一位著名作家的觀點：長篇小說尤其不是藝術。

權且以此作為我對那位贈書給我，並一再催逼我寫評論的「女作家」的一個不夠厚道的回應。不知道算不算「投之夭桃，報之以瓊瑤」？不過，我內心以為，兩迄了。

我渴望被你打疼

　　認識或不認識的朋友，經常會寄書給我。出於禮貌，我也會回一封信或者打一個電話，「大作收到，非常感謝」之類，我要經常掛在嘴邊。我知道這是寄書者的一片情義，我不應該輕漫或者拂逆了這片情義，我要對得住朋友，所以我會告訴自己一定要認真閱讀。但是，說老實話，大部分的贈書讓我不知所措；如果寄來的書中還夾著一張紙條，要求我說點什麼，尤其讓我感到惶恐。

　　寫書的人現在多如牛毛，到書城去逛，我常會產生要被淹沒之感，我們看到的書實際上數十倍於牛毛，但是，哪一根牛毛是能夠打疼我的呢？更進一步，誰是那不僅僅只是拋出牛毛而願意把牛毛編成有力的繩子的人呢？作家陳忠實多年前曾經說過，要寫出一本可以當枕頭的書，他幾乎做到了。畢六年之功而成的《白鹿原》，雖然略嫌粗糙，但卻是一塊有份量的磚頭。而現在的著書立說者，很少有人下這樣的功夫了，作品一本一本地拋出，但卻輕如鴻毛。當然，當下的事實一再地證明，雞毛也能上天。出版商和吹鼓手一齊用力，出人頭地其實是很容易的，更何況讓雞毛上天這種事情，也就是稍稍地用一點吹灰之力罷了；之後，我們就會看到：無邊落「羽」蕭蕭下。而我的期望其實非常簡單，就是在它們落下來的時候能夠把我打疼。

　　但是，非常可惜，在我以為對面過來的人是拎著板兒磚的時候，他拋給我的不過是一張精緻的書皮兒，滿懷期待地打開一看，裏面什麼也沒有，這真讓人失望。難道他們不知道我是渴望

被打疼的嗎？當然，要打疼像我這種皮糙肉厚目光刁鑽的傢伙，也不是一件很容易的事情；退一步說，即便是搔癢之書，最起碼也應該讓我感到癢癢才可以啊。做不到讓人心癢，讓人眼癢總是一本書值得被寫出的一個基本點吧。然而，我卻總是失望，失望之餘，便與克勒凱戈爾有了同感：「現在的情形是，隨便什麼人，都可以把他那點破雜碎拿出來印上幾十大冊。在我們的時代，著書立說已經變得十分無聊。」如果他還無聊到拿雞毛當令箭擲給我們，命令我們做出已經被感動已經被打疼的樣子來受降，那就近於無恥了。反過來也一樣，如果我並沒有被感動卻要做出痛哭流涕的樣子，也是很無聊的；如果我沒有被打疼卻嗷嗷亂叫起來，便是無恥。當然，人人都不願意自己無聊和無恥，我也非常不願意，所以，當有人寄書來要求我說點什麼的時候，我會感到惶恐。

　　做為讀者，我有著這樣的受虐傾向：真正被一本書打疼，我有身心的快意，對打疼我的人，我會懷著真誠的感激與敬仰。詩人梁小斌的隨筆正是這樣的文字，《獨自成俑》和《地主研究》正是重重地打疼了我的書，這些隨筆能夠讓我看到我們自己的作品與文字的千瘡百孔，看到我們的文學的千瘡百孔，以及隨處可見的陳棉花爛套子。正因為如此，我才會對象梁小斌這樣的作者懷著真誠的感激與敬仰。拿到這樣的書的時候，我才不會感到惶恐。寫書的人，難道你們不知道，做為讀者，我是渴望被打疼的嗎？

「新鮮的笨蛋，酷！」

　　《女貞湯》是一味什麼樣的「湯」？劉索拉苦心熬製經年，到了做書的葉匡政手裏，也是精心打造，卻讓劉索拉「差點沒暈過去。」劉索拉的「暈」在於書裏花花綠綠的圖案，一部別有風味的小說就此成了一本圖畫書。圖與文，主與仆，小說與畫冊，誰是誰的誰？

　　《女貞湯》是偽經還是偽史？是傳奇還是小說？是文體標本還是百衲之衣？都是。是未來體式的寓言。是偽託的史志。是混成的交響樂。誰讀了讀都可以給出自己的說法。做書的葉匡政也是個讀者，但他把自己讀成了偽史製造者的助手——說是「幫兇」也未嘗不妥。

　　葉匡政本是詩人，在京城做書有年，俗稱書商。但我還是更願意把他叫做做書的，因為，商者以利潤為目的，但葉做的書，大多出離書商身份而著意於書本身，或許他把做書當詩在寫了？也未可知。《女貞湯》本是一部小說，卻被葉匡政做成了彩色圖畫書，於圖畫的精心，遠遠超過了書的裝幀設計，離書商的「商」字更遠了，令人吃驚地喜歡。無從表達，我只能說，「新鮮的笨蛋，酷！」

　　這本《女貞湯》拿到手裏，隨便翻閱，即見匠心，把一本小說做成了這個樣子，真的是酷得足夠。但我很懷疑他能否賺到錢，製作與印刷都太見功夫太見心血，成本當然也足夠大。不過

我在這裏也不想替「書商」操杞人憂天式的心了，還是說《女貞湯》。

在這部托偽之書中，作者所操的心足夠大，所謂人類性思考隨處可見，所謂文體探索匠心獨運，所謂敘事方式複雜豐富，所謂語言傳達妙筆生花，合而鑄成荒誕幽默亦莊亦諧的歷史──偽史？──大觀。明知是偽史是小說是傳奇，讀讀而已，笑笑而已，想想而已，做書的葉匡政偏是要替偽史替小說替傳奇製造出逼真的圖像佐證，看起來好像是史料似的，彷彿他爬了多年的故紙堆才弄到，難得他這麼用心這麼盡心這麼精心。看看那西元四五二八年十月八日的「舊」報紙，看看那些四十世紀末的「老」照片，那些木版線裝發黃的「書」影，你不以為是真的才怪。當然了，你若以為是真的，那就更怪了。作偽史者的意思，就是讓你看出那些像真的一樣的東西其實就是偽史，托偽之史意不在史，偏偏這做書的卻讓它「史」得很像回事兒，這書看起來就非常有意思了，在珠聯璧合中生出間離效果來，偽史的境界就全然顯現了。

《女貞湯》是一劑什麼「湯」？也許，劉索拉原本的意思，是希望讀者諸君煎了口服的，不意先撞在專事炮製與包裝的葉匡政手裏，葉以為這「湯」可以內服更兼外用，而且先外用後內服效果奇佳，所以滿書頁都被他塗得花花綠綠。這樣一來，這本《女貞湯》倒是成了所謂「讀圖時代」的一個「圖書」奇蹟。幽默足夠，荒謬足夠，沉重與輕鬆足夠，真偽莫辨亦足夠。圖像與文字的交合足夠，接下來若還要再問「誰是誰的誰」，那麼，「新鮮的笨蛋」足夠，「酷」亦足夠。

維特根斯坦的撥火棍

　　二十世紀的兩位大哲學家，維特根斯坦和卡爾‧波普，1946年10月25日在英國劍橋一個擁擠的房間裏見面了。這兩個人同為二十世紀哲學大師，同是奧地利人，都有猶太血統，這是他們第一次見面，相信有許多話要說。然而，僅僅十分鐘之後，他們就不歡而散，據說維特根斯坦抄著壁爐裏的撥火棍對著波普發火，隨後摔門而去。當時在座的有他們共同敬重的大哲學家羅素，以及哲學系的師生30餘人，那是在劍橋大學道德科學俱樂部成員聚會的一套房子裏。僅僅十分鐘，兩人即不歡而散。他們為什麼爭吵，吵了些什麼，此後成了一個謎。這個令人著迷的謎之所以成立，是因為在場的人的記憶都被自己改寫了，因而成了哲學史上的謎團。

　　《維特根斯坦的撥火棍》是一本解謎之書，然而讀過之後，我們只能謎上加謎。這本書的解謎過程其實是典型的顧左右而言它，這本迷人的書讓我感到引人入勝而又不知所云。它是哲學，是歷史，是傳記，同時還是偵探小說，太駁雜了以至於讓我不知道它在說什麼。我的這樣的閱讀，被我自己懷疑了。我當然不能懷疑這本書的價值，它很著名，好評如潮，但我懷疑閱讀本身。在功利的實用的閱讀之外，是否存在著一種令人愉悅的然而又是不知所云無所收穫的閱讀？一種快樂的消磨？我想，這樣的書、這樣的閱讀過程，對相當多的人來說，是不能耐著性子將它進去

到底的。因為，在閱讀過程中，閱讀常常要被自己對閱讀的懷疑打斷，這好像已經近於一種折磨而不是愉悅了。

被閱讀折磨的經驗我還有過。那是在許多年前，新武俠正盛之時，我也隨手翻了幾本金庸、古龍、梁羽生，但是提不起閱讀興趣，於是放下。後來不斷地有朋友推薦，說是做為中國的「知道分子」，一定要讀金庸，並且高度評價金大俠的小說。當時我還在一間職工大學裏教書，暑期回父母家，父親是個新武俠迷，存有金庸、古龍、梁羽生作品幾乎全部，他也向我強力推薦。在家閒居無事，我想，我這回可以試試「硬著頭皮」讀武俠。但是，我唯讀了十幾頁，就無論如何也讀不下去了。再試另一本，再試另一家，仍然如此。我只好安慰自己，有些書是你永遠都讀不進去的。

讀不進去可以立即放下，這是最簡單的解決辦法，我相信世界上並沒有哪一本書是非讀不可的。不過現在我的問題是被「維特根斯坦的撥火棍」撥弄得欲罷不能卻又不知所云，就是讀維特根斯坦或者波普本人的哲學著作，也沒有遭遇過這樣的對閱讀的懷疑。引人入勝，同時，不知所云，這是一根什麼樣的「撥火棍」？

羅布格利耶的肖像

　　我說的是阿蘭‧羅布格利耶的肖像。在別的城市，我從未見過如此巨幅的作家肖像，大約一張對開報紙的一個整版那麼大，彩色的，正像阿爾諾‧衛維恩所說，「有一個長在數學家身體上的布列塔尼水手的腦袋」。那是在廣州美院附近的博爾赫斯書店，一個美麗的女子買下了它，她很小心地讓店主給她包紮起來。我注意到，這是一個氣質非常好的女子，她的眼神、動作和整個身體，透射出一種人文氣氛，我惴惻她是從一座四壁嵌滿了書籍的房間裏走出來的。當時我和花城出版社的李青果正挑選書籍，李告訴我，坐在櫃檯後面的正是書店的主人陳侗本人，他把羅布‧格利耶的書和格利耶本人先後引進了中國。格利耶說：「我設想，在市中心一條擁擠的街巷裏，廣州的女大學生在一家小餐館的桌旁讀《幽會的房子》。為什麼不……」他說得不錯，擁擠的街巷……女大學生……還有格利耶本人的肖像，但不是在小餐館。

　　我買了那套白皮的《羅布格利耶作品集》，如果不是考慮到路途不便，我也會買下一張格利耶的肖像。一個法國佬作家的肖像，一個美麗的中國女子，這中間的關係大概只能到格利耶的作品裏去找。這種巨幅的格利耶肖像，全中國只廣州的博爾赫斯書店裏有，所以這種關係只能在廣州得到落實。阿爾諾‧衛維恩說，格利耶「眉毛下那目光對女士是樂意的挑逗」，我想這是為了讚美而給出的一個象徵性的說法，那個美麗女子買下它和性

沒有關係，因為，儘管阿爾諾‧衛維恩還說到格利耶的目光「對男士卻是十足的冰冷」，而我同樣也有買下它的衝動。一個法國老頭在中國廣州的魅力是從作品中散發出來的，當然，他的鬍子也別有意味：「那既茂密而又短至毫釐的鬍子就像他的作品的一個棘手的隱喻。」這個隱喻落實到那個美麗女子購買肖像的行為中，在我看來，構成了一種廣州的隱喻。我的意思是，在這個一天到晚噪雜喧鬧的南國之都，潛藏著當下中國經濟和文化之間微妙而又曲折的隱密關係，廣州的書市之盛為全國之最，廣州青年中的寫詩者恐怕也是全國之最，對我來說，這是一個吃驚的發現。

關於清臞白晰的店主陳侗和博爾赫斯書店，有許多朋友曾經在文章裏寫到，長期以來在我的記憶裏隱約而在，現在進入我的這篇名為《肖像》的文章，也是作為一個隱喻而存在——一個關於廣州的隱喻。陳侗收款和捆紮的動作顯得笨拙，但是美麗的女子握著卷成一個圓筒形的羅布格利耶滿意地離去了。我拎起自己的那包書，望了一眼掛在牆上的羅布格利耶，然後戀戀不捨地離開。關於廣州有種種說法，但是我想，我通過一幅作家的肖像深入廣州的方式是非常恰當的。我說的是阿蘭‧羅布格利耶的肖像。

世界的敵意

　　忽然想起來一個人，海因里希・伯爾，想起他的小說《萊尼和他們》。我已經很久沒有想起他了，關於伯爾和《萊尼》，我們遺忘已久。這次是和幾個朋友聊天，談到了世界對一個人的敵意這樣的話題，我立即想到了伯爾，想到他小說裏的小人物們，想到了那個萊尼。想到了讓我印象深刻的萊尼的房間，牆上貼滿了醫用人體器官解剖掛圖，有點類似於我們生活中的某個年代裏，牆上貼滿了舊報紙。在沒有裝修時尚的年代那就相當於房屋裝修了，只不過我們用舊報紙，而萊尼使用人體器官解剖掛圖。而萊尼就坐在這掛滿人體物件兒的房間裏，畫著一張叫做「童貞婦女拉埃兒・瑪麗亞左眼視網膜局部圖」的畫兒，她要把六百萬錐體細胞和一億幹細胞統統畫出來。她除了每天一大早出去買些新鮮小麵包之外，就這麼安靜地待在房間裏畫著，世界憑什麼要對她充滿敵意呢？

　　萊尼的一生，沒有做過任何驚天動地的事情，甚至連小小的出人頭地都沒有過，確切地說，是很失敗的一生。她從小天資聰穎，心地善良，性感迷人，但她的人生非常失敗，做了半輩子貧窮的寡婦，可以說是個十足的霉蛋兒，但世界仍然對她懷有敵意。譬如，她一生中只和兩個男人睡過覺，是她前後的兩任丈夫。後一個，她只和他睡了一兩個晚上，那人就去上戰場然後不知所終了。但人們還是要罵她是個破鞋，人們用看破鞋的目光盯了她幾十年，羞辱了幾十年，可她既不解釋，也不反駁。她是個

特立獨行的人。命運的安排是這樣的：如果你特立獨行，那你就無法逃脫世界對你的敵意。當然，在我們這裏，自從王小波寫出了那隻著名的豬之後，特立獨行就成了一種表演，一種「特立獨行秀」，那是一種討好世界的方式，有鮮花和掌聲相隨。而萊尼是出自天然渾然不覺地特立獨行，世界的敵意出自這裏，它不喜歡這樣的人。

伯爾在他的文論中反覆提到馬克思《資本論》中的一段話：「每個人都千方百計在別人身上喚起某種新的需要，以便迫使他做出新的犧牲，使他處於一種新的依賴地位，誘使他追求新的享受方式，從而陷入經濟上的破產。每個人都力圖創造出一種支配他人、異己的本質力量，以便從這裏找到他自己的利己需要的滿足。」這是消費時代的生存邏輯，而萊尼不懂得這個邏輯，因此她與世界一直關係緊張，讓世界對她充滿了敵意。而現在我們這裏那些做「特立獨行秀」的人，卻深諳此道，他們是世界的寵兒，這其中包括我們的作家和出版商們，所以我們才會把伯爾和萊尼們久久地遺忘。

現在我回想起上世紀七、八十年代那些激動人心的閱讀時光，很想重讀一遍伯爾的作品，我很想重拾那些美好的記憶以對照檢查我們今天的閱讀與生活。但是很不幸，我找遍了我們這個城市的幾大書城，竟然沒有找到一本伯爾的小說，也許是因為伯樂也和萊尼一樣的特立獨行，也不見容於我們這個消費時代的閱讀時尚吧。最後，我只在一家書店不起眼的角落裏，在那散亂堆放著的三折處理品中，找到了三本有關伯爾的書：《伯爾文論》、《一個被切碎了的形象》、《伯爾生平與著作》，都是三聯版的，出版時間是1996年，時為伯爾逝世十周年。以今天的出版界說法，當是十足的舊書。但我沒有找到《萊尼和他們》或者

《女士及眾生相》，沒有找到《小丑之見》，沒有找到《一聲不吭》。這算是我們今天這個消費主義時代的出版與閱讀對伯爾的敵意嗎？我感到惶惑。

但我是個執著的人。當我不得不坐三百里汽車去另個一個城市，到我的另一個家裏從書櫃裏翻找出自己所藏的伯爾的小說的時候，我的內心裏懷有一種和這世界的惡狠狠的對抗。我藏的那本《萊尼和他們》也是一本舊書，上面蓋著某企業圖書館的戳記，版權頁上打著兩個紅字：註銷。那是上海譯文1981年版，而我的購書日期是1982年，書的定價一元三角五分，我記得我是三毛錢買回來的。書既無前言也無後記，甚至也沒有內容簡介。是否在那時候我們就已經覺得對特立獨行的伯爾和萊尼們無可置喙了？

我心淒涼。

回西安的大巴車上在放《美麗的大腳》，這電影我看過，可是這一路上仍然看得我淚流滿面。我覺得倪萍演的那個張美麗，有點像伯爾筆下的萊尼。張美麗說，她的一生都沒有成功。而萊尼這個善良的女人，也是一生都沒有成功。

圖像與花朵

　　我兒子的語文成績經常徘徊在六七十分之間，這是他不好讀書的結果。當然，這樣說他肯定會覺得我是在冤枉他，但他喜歡讀的只是圖書而不是字書，譬如各種漫畫書兼帶著看各種動畫片。他的語文成績上不去，讓我很是著急，這時候我就會想起法國詩人阿波里奈爾的發明。阿波里奈爾寫過一本叫做《圖像與花朵》的詩集，這本集子裏，我們可以看到詩人用詩句排列成的各種圖案，令閱讀者一舉兩得，讀詩同時看圖。如果把字書都弄成這樣的圖畫，我兒子也許會喜歡。但是大家都知道，這只是詩人的異想天開，阿波里奈爾並沒有把《圖像與花朵》堅持下去，38歲就死了，而這樣的中學生課外讀物也並沒有被發明出來，所以我兒子仍然只是看圖說話族類，儘管他已經讀中學了。

　　但這一點兒也不奇怪，很多大人現在也是圖畫書的愛好者，據說現在已經進入了讀圖時代，文字書受到冷落也是自然的，書店裏的圖畫書越來越多就是證明。我甚至聽到過一種很極端的說法，意思是把所有的長篇小說都拍成電影，兩三個小時就可以解決掉一本，大家再也不必費力費時捧著那麼厚那麼多的磚塊去讀文字。應該說這稱得上是一個妙想，但絕對不是奇思，因為很多長篇小說確實被改編拍攝成了電影，而且書店裏也在賣這種附了鐳射影碟的文學名著。至於書商們弄出這種附送光碟的文學名著的動機，我們就先不去追究了。不過，是不是看了電影真的就可以不讀文字，卻也難說。

　　那天陪兒子逛書店，因為此前我曾經跟他談起過馬克・吐溫，他執意要買那本附送了DVD的《湯姆・索亞歷險記》。我知道他的小心計，他是要先看看電影，如果好看，再讀那本書，如果不喜歡呢，那字書他就不去讀了。當然，看了影碟他是喜歡的，所以我見他接下來每天都在津津有味地讀那本小說。我問他，已經看了電影，為什麼還讀小說呢？他說電影沒有小說有意思，小說裏的很多東西電影裏都沒有了。電影讓他進入了文字，這是出乎我意料的，也許他從此可以慢慢地喜歡閱讀？

　　我以前一直有一種杞人憂天之想，隨著讀圖時代的到來，若干年之後，文字會不會漸漸地退出我們的生活？進而，隨著電子技術而開始的數位化生存，文字書還能存在多久？我的杞人之憂當然首先是出於個人考慮，像我這樣靠碼字兒活著的傢伙，到了全面的讀圖時代，還有飯吃嗎？或者，不得不與時俱進地重拾詩人阿波里奈爾已經扔掉的故技，也去寫些《圖像與花朵》式的隨筆或者小說？不過我現在不很擔心了，最起碼，我兒子已經開始從讀圖像進入讀文字的狀態了，也許他的語文成績到下學期也會增加十幾分？

插圖本小說歸去來

　　作為一個喜歡讀小說的人，很多年來我一直很納悶，坊間所見的絕大多數新出的長篇小說為什麼沒有插圖？尤其是，到了上世紀的九十年代，據說已經是讀圖時代了，長篇小說反倒沒圖可讀了，倒好像是碼字的小說家們專門要和這讀圖時尚做對似的：小說就是一大堆字兒，我偏不給你圖看，你能怎麼樣？讀者當然不能怎麼樣，但我仍然懷念讀那些帶插圖小說的時光，像早年讀《紅旗譜》，讀《山鄉巨變》，讀《紅樓夢》，小說中的插圖總是能把人帶入一種別樣的鮮活的感覺之中。所以時時在想，如果我自己哪一天出長篇的時候，一定要請人精心地繪製一大堆插圖放在裏面。

　　提起這個話題，是因為最近買到的兩部小說：韓東的《紮根》和楊爭光的《從兩個蛋開始》，這兩本小說都配了不少的插圖。看來與我有同樣想法的人不在少數。楊爭光在出這本新作之前，和我聊天的時候不止一次地說到小說插圖的話題，他自己請了不止一位朋友來試畫插圖，最終印在書裏的插圖，是最合他個人對小說插圖的理解的一種。此前看到的另一本，是劉索拉的長篇小說《女貞湯》，配了全本的彩圖，以劉索拉的話說，「我的辛苦的寫作差不多成了配畫面的文字」，但我認為那本書做得相當不錯。

　　其實中國小說是有著悠久的插圖傳統的，譬如明清及民初的繡像小說，更早的話本也是配圖的，像圖文並茂的「全相本」之

類。甚至可以說，在出版業中，中國也許是最早為小說配插圖的國家。所以近許多年小說插圖的缺失，著實令人納悶兒。據我所知，喜歡插圖本小說的人絕對不在少數，可惜我們現在很少看到這樣的小說本子，好事者只好到別處去找了。有一段時間我很喜歡買《小說選刊》，很重要的一個因素是那裏面經常會選一些過去年代的小說插圖放在封二封三。看到書店裏有賣《西諦珍藏本小說插圖》，心下喜歡，可惜太貴，索價要五千兩百元之巨，只能望書興歎。網易文化頻道裏有一個「繪聲繪色」專欄，專門介紹古今中外小說插圖，略可解饞。

　　據我所知，不獨是讀者喜歡小說插圖，很多作家其實也有插圖的癖好，魯迅當年就親為自己編選的小說選過插圖，刻勒律治的木刻就是這麼被介紹過來的；而像庫爾特・馮內古特這樣喜歡自己親繪插圖的小說家也不在少數，《冠軍早餐》裏馮內古特自己畫的插圖就非常有意思。手頭的這本韓東的長篇《紮根》，裏面的木刻插圖看起來非常有筋道；楊爭光的《從兩個蛋開始》裏面筆法粗礪且頗有現代意味的插圖，於猙獰中能讓人（尤其是不瞭解那個年代的人）感覺出年代與記憶。買到這兩本小說，我因其插圖而心下喜之。這樣的插圖，可以讓我們直觀地見出小說中的年代，而這兩本帶插圖的小說，也更讓我懷想書籍出版的某些動人年代──或許只是少年閱讀的記憶？不過，通過這兩本書的出版，我倒是期望插圖本小說真的能夠回來。

歲月輓歌

　　佛吉尼亞‧沃爾芙固執地認為，把文學作品搬上銀幕「對於雙方都是災難」，尤其像她那種意識流小說，怎麼轉換成視覺藝術，簡直難以想像。然而，幾十年過去了，佛吉尼亞‧沃爾芙還是沒能逃脫被改編的命運，而且是好萊塢式的藝術電影，而且入圍強調票房的奧斯卡最佳影片提名，儘管最終只是電影裏的女主角之一妮可‧吉德曼得了個最佳女角獎，仍然讓人感到匪夷所思。

　　不過，這倒是一個非常有意思的故事，其中的曲折堪稱是一段文壇佳話。美國作家邁克爾‧康寧漢，在少年時代因為讀了沃爾芙的《達洛衛夫人》蒙發了對文學的興趣，這本入門小說令他刻骨銘心，許多年之後寫出了他的小說《小時》，既是對佛吉尼亞‧沃爾芙的《達洛衛夫人》的仿寫，也是對她的致敬之作。小說中寫了三個不同時代的女性一天裏的生活，她們面對生死、情感和自由時的懷疑、痛苦與選擇都像極了《達洛衛夫人》，而三個女主角之一就是佛吉尼亞‧沃爾芙。這本得了1999年普利策文學獎的小說又被有著和小說作者同樣情懷的編劇大衛‧黑爾改編成了現在的這部電影《時時刻刻》。

　　坦白地說，乍一聽到這部電影的來歷而未看電影之前，我很懷疑同時也很好奇，一部平鋪直敘充滿意識流方式的小說轉換成電影形式會是什麼樣的呢？會不會真的如沃爾芙所說「對雙方都是災難」？還好，「災難」似乎並沒有發生，電影因為三位大牌影星梅麗爾‧斯特里普、茱麗安‧摩爾和妮可‧吉德曼的出場，

倒是準確地還原了小說氣氛——不僅是還原了邁克爾・康寧漢的《小時》，甚至還原到了佛吉尼亞・沃爾芙的《達洛衛夫人》，也是算難能可貴了。

佛吉尼亞・沃爾芙1941年自殺，她的棄世方式和她的小說人物驚人地相似，她自己遭遇的問題其實也是她的小說人物曾經遭遇過的，這算不算是「生活在模仿藝術」？或者，套用沃爾芙自己的說法，生活和藝術，它們是雌雄同體的？香港的董橋先生也有一篇文字《達洛衛夫人》，寫他的一個英國朋友艾麗佳的故事，這艾麗佳的精神狀況既像達洛衛夫人又像沃爾芙本人，而艾麗佳又是個迷戀沃爾芙小說的人，沃爾芙的每一書她都可以倒背，而且也在學寫沃爾芙式的小說，只可惜天不假年，早早棄世了。這是否也是生活與藝術雌雄同體的一個佐證？

不過，這部《時時刻刻》倒是讓我覺得，電影和文學是雌雄同體的。它的另一個譯名叫《歲月輓歌》。歲月輓歌，這也許更符合我這篇文字的主題。

說謊的女人

　　2000年，法國的《事件》雜誌作了一個引起極大轟動的調查：這個夏天，你想和哪個明星有次豔遇？雀躍的法國男人有超過二分之一的人選了蘇菲・馬索。有個叫做菲力浦・羅蒙的傢伙，專門為此撰文說道：「二十年過去了，她依然是法國男人的最愛。」2001年，蘇菲・馬索隨丈夫到中國參加上海國際電影節，仍然是眾多美女明星中的嬌點，令電影節上的男人大為傾倒。

　　2002年四月出版的上海《譯文》雜誌，把蘇菲・馬索放在了封面，不是作為明星，而是作為作家。這期的《譯文》全文刊發了蘇菲・馬索的小說《說謊的女人》。這本刊物的封面，赫赫然地印著一行字：蘇菲・馬索的小說體自白。扉頁上的導讀則在暗示：這是蘇菲・馬索的自傳。有點要把讀者引向隱私與緋聞的意思。與此恰成對照的是，1996年此書在法國出版的時候，「樸素的封面上只兩行字，上寫：蘇菲・馬索；下書：說謊的女人。蘇菲・馬索是當紅的國際巨星，算是明星出書，而且是一本小說。若在我們這裏不知已經鬧騰成什麼樣子了，但是出人意料，蘇菲・馬索的書，既沒有新聞發佈會，也沒有簽名式，記者問起此事時，她的回答同樣出語驚人：「書有自己的命運，就讓書靠本身的力量去爭取讀者吧。」

　　這樣的蘇菲・馬索，也許可以用《說謊的女人》的開頭來理解：「這是另一種生活。」與我們這裏的明星大相徑庭。蘇菲・馬索寫了一本具有意識流色彩的小說，表達自己對生活的感

受和理解，「所寫的大部分事，都不是我碰到的。書中講我如何如何，讀者便都以為是事實，其實，我不想講我的生平！那多可怕！」但是我們這裏的明星不怕自爆隱私，甚至願意給傳媒暗示點什麼，以便傳媒炒作以吸引眼球。電影《愛情魔鏡》中那位剛剛出道的女主持人，就是這麼若有若無語焉不祥地對狗仔隊中的帕帕拉奇胡亂交待的，結果，她立即就成了傳媒熱點。這就是我們這裏的明星之道——說謊的女人。

蘇菲·馬索，一個當紅的國際巨星，寫了一本出色的小說（而且自傳體？），換了我們這裏的隨便一位，不鬧個天翻地覆、不賣個幾百萬冊是斷斷不肯罷手的，但蘇菲·馬索卻是如此的低調、平靜和不動聲色。兩相對照，我們這裏的明星，更多的倒確實是一些「說謊的女人」。也許，是蘇菲·馬索太著名了？——對她來說，用不著炒作，用不著發佈會，用不著簽名式，當然也更加用不著說謊。

但我另有看法：我以為蘇菲·馬索是懂得書與明星的區別的人，做為明星，她知道書是另外一種存在，白紙黑字，不容褻玩。這從她的閱讀就看得出來：「近十年來，主要讀古典名著，不至於有大錯失……喜歡的作家中，當然有托爾斯泰，以及福克納、康拉德……」「寫作這種方式，要你少說謊，多交心。」而我們這裏的明星，卻只會把讀流行雜誌叫做讀書，還要拿出來炫耀：「業餘時間喜歡讀書！」——我只好稱她們為「說謊的女人」——我這個好事之人，現在要借著蘇菲·馬索的《說謊的女人》來說的就是這檔子事兒。

恍若隔世

　　我買了一本《北島詩歌集》，過兩天又買了一本；再去那家書店，還是買了……大約半個多月吧，一次又一次，我接連買下了四五本。同一本書哪有這樣買的？書店裏的人大概以為我有病。也許有吧。

　　第一次是買給我自己的。北島的詩文集這些年內地非常鮮見，突然見到，難免會有一種驚喜。我偏愛北島的詩文，雖然大多都是讀過的，收存在我藏書中不同的刊物和選本裏，但這本還是令我驚喜。前些年在朋友處見過臺灣九歌版的那幾本北島著作，譬如《午夜歌手》、《零度以上的風景》、《藍房子》、《午夜之門》等，是朋友去臺灣訪學帶回來的，我只能借來讀，卻不能藏。現在的這本《北島詩歌集》的書稿，大約也在幾間出版社之間輾轉了很久吧，此事我以前有耳聞。第二次買的，是送給一位在上世紀八十年代曾經寫詩，但現在已是大雅久不作的前詩人朋友；第三次買的送了一位小說家朋友，他也是上世紀八十年代開始文學生涯的；第四次買的送給一位詩歌小友，他只有二十幾歲，他讀過的北島的作品非常有限；第五位給了和我年齡相當的一位非文學朋友，他閱讀廣泛但從不寫作。

　　我現在要說的是幾本書送出去之後的反饋。第一位，我的前詩人朋友說，重讀北島的詩歌，親切之外，激動之餘，有一種擔心，現在的讀者還能記得那些詩寫的年代嗎？年輕的讀者又會有怎樣的理解？他們能懂得一代詩人尤其北島這樣的大詩人的心跡

嗎？寫小說的朋友只有一句話，他說重讀這些東西，有一種恍若隔世之感。生活真的是變了，而我們尚在其中卻已經不怎麼能夠辨認了。第三位，我的詩歌小友，年齡已經是隔代的，他讀出了經典意味。那第四位，我們可以叫他純粹的讀者吧，他說相比之下，更喜歡上個世紀八十年代的文學，而當下的東西，太水了，太豔了，也太淡了。他也有同樣的話：恍若隔世。

今天在報刊亭看到新上市的《當代》增刊，所選小說全是王蒙王朔等幾人寫於八十年代的作品，譬如《布禮》，譬如《空中小姐》。熟悉的作家名字，熟悉的作品篇目，翻閱間我也有了恍若隔世之感。生活如此之快！雖然日曆是翻過了一個世紀，但相隔也僅僅是十幾年的時間啊；十幾年前的作品，我們現在幾乎在以閱讀經典的心態去看了；十幾年前的文學，現在已經成了生活的遠景；才十幾年過去，怎麼竟有了滄桑的意味？是生活太快了還是文學太快了？是生活在下落還是文學在下落？我難以理清。剛好看到評論家李敬澤一篇文章，李感歎說，在2003年，人性有多複雜，人的境遇有多複雜，寫小說有多難，小說家必須穿過多少暗影憧憧的危險地帶。李的感歎裏，是否也有恍若隔世的複雜心情？

愈南方愈文化

　　三聯書店出過一本很厚的書：《20世紀的書》。是《紐約時報書評》一百年來的文章精選。在這本書裏，我們可以看到對上個世紀幾乎所有重要的作家作品及文學思潮的記錄。我並不要談論這本書，而是想說說報紙，說說報紙的文化版。最近居家無事，常到附近一家雜誌社的閱覽室去翻報紙，看得多了，就有一個發現，原來所謂的文化版，更多的就是些娛樂新聞，當然少不了花邊與八卦，讀書版則少得可憐。譬如我們當地的幾家報紙，以前是有讀書版的，但是現在居說都改成財經了。

　　財經當然不錯，內地人現在好像更喜歡財經，也算是一個小小的進步，再加上一點點彩經？發財的事情人人都是喜歡的。彩經也算是文化？我有些不明白。文化的泛化已經無處不到了，這我多少知道一點，譬如食文化酒文化茶文化洗澡文化洗腳文化鬼文化。前兩天，我的一個搞文學研究的朋友，還去我們這裏最好的五星級酒店裏參加過一個廁所文化研討會。這麼多的叫做文化的東東都可以出現的文化版上，卻就是書籍與文學不行，難道書籍與文學是文化之外的事情嗎？我想，可能沒有人會這麼認為，但這並不影響辦報人不要它出現在自己的版面上。原因很簡單，它不能直接地迅速地帶來經濟效益。這樣說來，辦報人內心的謭陋，一下子就表露無遺了。

　　所以我會想到《20世紀的書》，《紐約時報》也是一份很商業的報紙，起碼比我們這裏的報紙商業，但它的書評版似乎從

來就沒有停過，發作品也發評論，而且是很有深度非常專業的書評，那些文章，看起來甚至比我們所說的純而又純的文化報刊還要純些，但是歷任的辦報人似乎都沒有取消它的意思，也沒人覺得商業和文化、財經和書評不能相融與共處。但在我們這裏，卻成了非此即彼的二元對立，我不知道這樣的觀念是如何建立的，版面有限？仍然是一種內心讕陋的托詞吧。

不過呢，報紙翻得多了，我還有一個有趣的發現，越是南方的越是文化。以前我們有一個很無禮的印象，覺得南方、尤其是珠三角是比北方更商業的，而北方內地因為較少商業浸蝕，是更文化的地界。但是現在，僅就報紙而言，倒是愈南方愈文化的。這種北方和南方的差異頗為有趣，真不知道是商業之過還是文化之過？或者反過來說，是商業之功還是文化之功呢？我倒是有些糊塗了。但我更喜歡買南方的報紙回家來讀卻是確定的。南方報人似乎有著更大的氣魄，不僅要裝下社會新聞，裝下財經，裝下娛樂新聞的爆料猛料，裝下花邊裝下八卦，還要讓報紙裝下純純的文化，甚至精英文化。這樣的報紙是大的，不特是版面多厚度大，更加，是氣魄大，是融合。簡單甚至讕陋的二元對立，被商業與文化的融合所取代，我以為這該被稱為一種進步與發展了。進而，我也不無幻想，也許幾十年之後，類似《20世紀的書》這樣的紀錄我們時代文化與文學進程的作品，出自我們自己的某一家大報的書評版或者文化版，而不僅僅只是商業的勝利。

電影閱讀

　　我少年時期能夠看到的電影非常有限，除了「三戰」（《地道戰》《地雷戰》《南征北戰》，就是幾個樣板戲的電影版，反來復去不厭其煩地看過幾年，幾部電影裏的臺詞和唱段幾乎背過，但是仍然會趕場子去找電影看。記得有一次來了朝鮮電影，是《賣花姑娘》，人山人海的場面真是空前。現在回想起來，人對電影的迷戀簡直不可理喻。也許是那年代的電影實在太少的緣故。

　　沒有電影可看的時候，只好去看書，到文字裏面去看電影。父親的藏書裏有相當部分是與電影有關的，舊年的《大眾電影》、《上影畫報》、《電影劇作》甚至《電影技術》都能讓我手不釋卷，更有近百冊的電影劇本。上個世紀的五六十年代，不知怎麼竟出版了那麼多的電影劇本的單行本，像《大獨裁者》、《偷自行車的人》、《戰艦波將金號》、《斯大林格勒保衛戰》這些現在能在音像店裏看到的影碟，我都是那時候從文字裏看的。由此延伸開去，連什麼劇作理論、攝影技術、電影剪輯之類也一併生吞活剝地讀得津津有味，不但知道電影是怎麼回事，也捎帶著知道了愛森斯坦，知道了普多夫金，知道了柴伐梯尼，知道了費里尼。

　　我想說的正是費里尼。費里尼影片的DVD，我在音像店裏買了不少，因為對義大利電影的偏好，我是見到必買，遺憾的是很難找到關於這些導演們的介紹，書店裏多的是DVD購買指南之類的東西，但那對於想瞭解電影的人是過於簡單也過於簡陋了，劇

情簡介加上劇組主創人員名單，充其量只是個電影目錄，很難滿足我這樣的影碟愛好者。而且現在書店裏更多的則是當紅導演們的炒作書，大多數乏善可陳不忍卒讀。所以看到三聯版的《我是說謊者——費里尼的筆記》的時候，我竟有喜出望外的欣悅，毫不猶豫地就捧在了手裏。

費里尼做了一生的電影，是義大利超級現實主義電影的經典大師之一，於電影又有著從編劇到導演的全面嘗試和不息探索的勁頭，電影的甘苦在費里尼那裏，幾乎就構成了他的一生。讀這本書，可以讓我這樣的電影迷感受到電影過程內在的親切。電影是什麼呢？它是最真實的謊言，費里尼說：「我是說謊者。」但是《我是說謊者》卻是最真切的電影生活。費里尼又說：「我的影片是我終身漫長的、連續不斷的一場演出。」很少有電影導演能夠做到這一點。而費里尼看起來是如此親切，這樣的電影筆記，是可以讓我們通過文字閱讀而達致看電影的奇效。我一點也不想掩飾對這本想書的偏愛，我的本意是想說「影片之外，電影也可以是一種閱讀。」

醉酒與醉書

　　嗜酒者中有誇口海量的，基本是那種永遠都喝不醉的主兒，俗稱酒漏兒，酒不入心，全漏掉了。不過，永遠不醉的主兒我們幾乎沒有見過，像古龍這種嗜酒如命的著名酒徒，也常常醉臥花叢，何況常人。報紙上有消息說貴州某地有號稱海量的酒徒與人打賭，結果喝死掉了。這酒徒日常白酒的量在兩三斤，在酒場上算是無人可敵，他以為自己是永遠都不會醉的，所以敢與人賭，以十瓶為限，結果是喝到第六瓶的時候，就已經死掉。

　　提到海量酒徒，是因為前幾日聽到一個自稱海量閱讀的人，也有意思。我的作家朋友黃建國在大學裏任教職二十餘年，最近受命組建新系，少不了要招兵買馬。有應聘者在簡歷中稱「熟讀文、史、哲、經著作過萬冊」，校方視為奇才，準備約請面試。偏偏我這朋友是個喜歡較真兒的人，為自稱海量閱讀的人算了一筆帳。那應聘者二十幾歲，來到人世間的時間也就是一萬來天吧，過萬冊的閱讀量須是一天一冊才能做到，以平均每冊十萬字計，他得自出生即永不停歇地以每天十萬字的速度閱讀，如何「熟讀」？海量豈不是海吹？我的朋友又說，即便這海量閱讀他是做得到的，那也肯定是個「書漏兒」：書不入心，全漏掉了。

　　而我想說的是，在這個海量資訊的時代，有多少書值得我們像個酒漏兒似地去閱讀？每次逛書城的時候，我都有一種要被淹沒的恐懼，所以會很偏激的懷疑到出版者的意圖。我自認算是個嗜書的主兒，進了書城猶如酒徒進了酒窖，然而是不是一定要每

每大醉而歸？不過醉倒的結果大家都是知道的，神志五迷七亂，身體翻江倒海，然後就是嘔吐，而且吐得搜腸刮肚。這是不是可以就叫做「醉書」？

　　讀書猶如飲酒，須得細品，才能有益身心，一味饕餮，大多醉倒。我有過醉酒的體驗，所幸尚未醉書。在書籍的短缺時代裏，可以饑不擇食，但到了這垃圾成山的年代，就只能信奉「弱水三千，我只取一瓢飲」的古訓了。讀書的貪多與飲酒的貪杯相類似，醉書與醉酒也有相同的不良效果。前面說到的那位自稱海量閱讀的應聘者，大約就是個醉書的主兒，很不幸地因其醉而倒在了應聘路上。我們權且相信他是有著海量的吧，卻也終於沒有了登堂入室的機會。這個海量出版的年代，我們尤其不要醉臥書城以至於被牟利之徒們勾兌的假貨倒了胃口。

逛書店

　　普魯斯特很武斷地認為，錢多的人和錢少的人都不願意買書，理由是錢多的人吝嗇，而錢少的人貧窮。當然他說的是他的法蘭西，而且是七十多年前。我們這裏的情況略有不同，我們中國人，向有敬惜字紙的傳統，而且儒教的經典語錄中，就有一句「萬般皆下品，惟有讀書高」的教諭，一旦提到某某出身書香門第，世代詩書傳家，馬上就會讓人肅然起敬。所以在我們這裏，錢多和錢少的人都很重視讀書。

　　當然，錢多和錢少的人，各有自己的辦法。錢多的人可以壟回去讀，錢少而喜歡看書的人，相對要麻煩一些，買很多書顯然過於奢侈，只好借或者去公共圖書館，但都不是太好的辦法。借書要看人的眉高眼低，而公共圖書館不僅稀少，且因為書價過高經濟擷據，也已經很久沒進什麼新書了，再說手續也過於複雜。而現在的書又出得太多太快了，連有錢人都要再三斟酌。我雖然沒有很多錢買書，但我有的是時間，所以，我的辦法是勤逛書店。

　　花錢壟書是有錢人的盛宴，但他未必吃得了多少；逛書店卻是窮人的娛樂，久而久之也獲益匪淺。我甚至認為，即便是有錢買書的人，逛書店也不失為一種優雅的休閒運動，譬如晚飯後的散步。逛書店有點像逛公園，只看不買，賞心悅目，冶情逸性，身心放鬆，而且書店不收門票，所以比逛公園更合算。我有著長期逛書店的經歷，我知道怎樣與那些沉著臉不斷催促的國營店員周旋，同時我也會設法與他們建立起一種友好的主、顧關係，如

果恰好碰上那些懂書的有心人，再聊上那麼幾句，那就一切都妥啦，沒準兒還能交上朋友，下一次他就會給你推薦上架的新書，而你也就可以無所顧忌地慢慢翻閱了。

勤逛書店你就會知道，其實不必花太多的時間，你就成了一個坐擁書城的人。當然你幾乎總是站著的，現在還很少見有提供給讀者坐處的書店，但這有什麼分別呢？有幾家私營的小書店我特別愛去，因為店主也是有見地有思想的讀書人，逛這樣的書店就像是去知己的朋友家串門、聊天，走進書店就彷彿走了朋友家的書房，神交已久但是彼此卻不知名姓，那種感覺是非常特別的。當然，要達成這種默契，你自己首先得是個讀書人，是個真懂書的人。有一次，我走進一個偏僻的小書店，我是第一次來，聽到店主正和一個老顧主聊一本新書，爭得面紅耳赤，我不失時機地插了幾句，我們馬上成了朋友。現在我每週都要去他的書店逛逛，雖然離我的住處很遠，但我已不覺得是去逛書店，而是專程去看一個朋友。

翻書、交友、知人、閱世……當然，逛書店的好處還遠不止此。久而久之——我再次提到久而久之，是因為逛書店絕不能像逛名勝古跡，隔許多年去一次——久而久之，逛書店就成了一種美好的生活，成了生命中不可缺少的部分；到了這種時候，你就會知道，書店並不是專為賣書而設立的，你甚至會認為，書店更其本質的意義，就是供讀書人閒逛的。可惜的是，這樣的書店現在還少，所以我們仍然會為沒有很多錢買書而犯愁。不過……不過書店還是可以逛的，儘管常常的是在催促與喝斥之下的匆匆一眼。但你既是個讀書人，一旦好書經眼，那它就再也跑不脫了。

拿錯了

　　我看到這個人從書架上抽出了《午後的愛情》，拿下這本書的時候，這個人有瞬間的猶豫；我看到這個人的手裏同時還拿著《口紅》和《晃晃悠悠》。這個人拿著這三本書走到收款台，在交款前，這人又把三本書都翻了一下，這才發現《午後的愛情》並不是《午後的愛情》而是《午後的愛情和意識形態》，只是後面那五個字太小，從書架上拿下來的時候被他忽略掉了。這個人現在又猶豫了一下，把這冒牌的《午後的愛情》扔到了收款台旁邊的臺子上。接下來，這本書將被書店的店員送回書架上原來的位置。這個人走出書店的時候肯定還在想，我為什麼會拿錯？

　　那個書名裏被忽略掉的後半截其實是一個非常有心機的策略，這心機當然是書商的心機：我故意讓你拿錯，如果等你買回家的時候才發現，就已經錯得沒法更改了。書商要的就是這個效果。類似的情形我還遇到了，那是在「妓女作家」九丹風行之時，一個眼神略顯鬼祟的老者聲音萎瑣地問有沒有《烏鴉》，書店店員拿給他一本《白烏鴉》，但那「白」是很細的黑底反白，而白底黑字的「烏鴉」則大得異常醒目。我相信這個老者回到家裏的時候會非常納悶：烏鴉是在我回家的路上變白的嗎？

　　用曖昧的書名吸引眼球以製造商業誘惑，是精明的書商對大多數讀者情色心理的一個成功把握，並且屢屢奏效。BOOK800圖書網上有一個「2000十大曖昧書名」的排行，這些書似乎也都進過書店的暢銷書排行榜，其中有多少是「拿錯了」製造的暢銷

成果？大可推敲。排在「十大曖昧書名」前列的有九丹的《女人床》、張抗抗的《作女》、黃集偉的《非常獵豔》，意思無非是製造一點點情色出來，准黃或者泛黃的顏色有商業效果，是寫書的和做書的達成的共識，所以，書名無罪，曖昧有理。其實大家心裏都清楚那是怎麼回事，黃集偉在《非常獵豔》後記裏有句話也有意思：「我將『獵豔』一詞放進書名，其實是心懷鬼胎。媳婦說，沒戲。該賣不動，叫什麼名字都賣不動……因為你太不自信了。我媳婦的話說的有道理。」黃的夫人是一特明白之人，但很多讀者還是會「拿錯了」，有什麼辦法？

想起一件舊事。「文革」結束，學校的圖書館開放一些舊書，我那時如饑似渴，照著文學史找書讀，有天去圖書館借夏衍的《包身工》，這本書拿到手上的時候，立即遭到同學的恥笑與不屑，這書是不是有點那個？於是我只好紅著臉說「拿錯了」。但是，我「拿錯了」嗎？沒有，然而少年的我還是拖到了兩年之後才敢讀這本著名的報告文學。這是關於曖昧的書名的另一個例證。我能說什麼呢？人心有鬼，所以曖昧有理。如果人人心存「菩提本無樹，明鏡亦非臺；本來無一物，何處染塵埃」的禪境與坦蕩，無論如何曖昧的書名也都沒戲了。

回到開頭那個人身上，其實《午後的愛情與意識形態》不過是一本關於肥皂劇與女性生活的書，正適合那位讀者閱讀。那麼，這個人放下這本書其實又錯了。細究起來，「拿錯了」，「放錯了」，都是曖昧惹的禍。還是黃集偉夫人說得好：「該賣不動，叫什麼名字都賣不動……因為你太不自信了。」

大書店，小書店

　　主持《明報》和《明月》的董橋先生是個雅人，早年間行走於香港倫敦之間，有訪書雅趣，書話文字溫潤而多趣，他在《訪書小錄》說到：「倫敦賣新書的大書店像超級市場，存書井井有條，分門別類；買書的人不是人，是科學管理制度下的材料。」現在國內也有很多這樣的像超級市場的大書店，譬如北京的海淀圖書城、深圳書城、廣州的天河圖書城，而我居住的古都西安，稱為書城的大書店已經多到三個，店而成城，令人生畏。第一次去天河圖書城，竟花了我兩天的時間，兩天下來，苦不堪言，完全沒有了訪書的樂趣。

　　相比之下，我倒是更喜歡路邊街角各有特色的小書店。

　　如同超級市場般的大書城像是大款蠆書的地方，推著一隻購物車穿行，不像是在淘書，更像是週末的一次狂歡式的用品採購，一次把幾十上百本書搬回家裏，插進書架，算是大功告成，但是卻大多成了裝飾。「在我們的時代，室內裝潢者將牆壁排以長列的書籍，以讓房間感染一種精緻優雅的氣氛。」阿爾維托‧曼古埃爾在《閱讀史》中把這樣的人稱為「象徵性讀者」。我覺得超級市場般的書城大概是為他們準備的。而我沒有這樣的購書「豪情」，所以會覺得小書店才是讀書人的地方。

　　小書店是輕鬆的，信步而入，隨便翻翻，彷彿小憩，無眼花繚亂之苦、氣喘吁吁之累，更多的是那種仿如與妻兒朋友的親昵和隨便。小書店是家常的，而大書城則像是滿漢全席，滿漢全席

不能常吃，但各種特色小餐館卻是每天都可以光顧的，對於我居住的這座古城，我的頭腦裏有兩份地圖：一份是書店地圖，一份是飲食地圖。按此，我知道到哪個館子可以吃到什麼樣的特色美食，到哪個小書店可以找到我想要的書。這樣讓人喜愛的小書店其實每個城市都有，譬如長沙的詩歌書屋，譬如廣州的博爾赫斯書店，我敢說，全中國可能只有在廣州的博爾赫斯書店裏才能找到最全的法國新小說派作品。

當然，我之所以覺得小書店可愛，還有一個微妙的心理在作祟，那就是要逃避一個寫作者內心裏常存的絕望感。這樣的絕望之感是寫作者的軟肋，連董橋這種卓有成就著作等身的人也難以克服，他在《世界上最大的書店》裏寫道：置身在像大百貨公司一樣的書店裏，寫作的勇氣完全消散了，那些書坐在那兒盯著你：「好小子，還有什麼好說的，還有什麼好寫的？」

坐在馬桶上讀

　　當代人最安靜的時候，可能就是坐在馬桶上的那段時間了。因為資訊太多，即便是千手千眼的觀音，上下其手也覺得不夠，只有等到坐在馬桶上才可能神閒氣定，所以很多人習慣在廁所裏放幾本書和雜誌，入廁之時，順手拿來讀上幾頁，因為靜，因為無可分心，所以最能進入書中的世界。當然，這也並不是什麼新鮮事，歐陽修就曾說過他的學問得來是在馬上枕上廁上，中外文人於馬桶上得佳句佳構的事例也不在少數。

　　只是，什麼樣的書適宜於在馬桶上讀，卻是一個問題。

　　許多人以為，宜在馬桶上讀的，多是些垃圾書，卻是一個誤解。《周作人散文選》裏有一篇「入廁讀書」，就說到入廁宜讀之書，經史子集無不可也，當然最好是讀隨筆。並且舉了很多例子。據我所知，當下的很多人，是把最愛之書放在廁所裏的，有一次在詩人伊沙家的廁所裏，發現許多詩人的詩集，問他何以如此對詩人不敬，伊沙倒是坦然，說能放進我家廁所裏的書，都是我最喜愛的，你沒注意到嗎，那裏放的都是我最喜歡的優秀詩人的集子。我當然看到了，其中就有嚴力、于堅、韓東等人的書。由此得了一個經驗，每去朋友家作客，總在留意衛生間裏的書，以此可以判斷此人最真實的趣味。類似的經驗，也非我一人，王朔和馮小剛早年也在《編輯部的故事》中借人物之口說過：所謂的好雜誌，就是在一大堆雜誌中你上廁所願意帶的那本。近來又有一個著名的房地產商人潘石屹，也寫點專業內的書，算得上是

個儒商，潘自嘲說自己的書是「放在馬桶邊上的書」，表面看是自謙，內心其實是自傲。

不獨中國如是，國外也有類似的例子。周作人就在其「入廁讀書」中說到日本作家谷崎潤一郎著《攝陽隨筆》中寫道日本廁所之宜於讀書；我最近讀到一個留洋的學者寫美國，說是加州大學聖克善斯分校婦女中心的廁所裏，專門貼有一塊白紙，供人入廁時塗寫，但並非「廁所文學」陣地，而是嚴肅話題，譬如「你把自己叫做女權主義者嗎？為什麼？」至於為什麼要把如此嚴肅的話題寫在廁所裏供人討論，婦女中心的人回答：「人們再忙總是要上廁所的，那麼就用這一點時間思考一下婦女問題吧，日積月累會有收穫的。」這樣的說法就很有意思了，如果你還沒有忙到要坐在馬桶上打電話發短信的程度，讀幾頁書的時間總是有的。

第三輯

閒情

閒情點心

這是一個太忙的年代，太忙的年代裏，連閒也都成了忙的內容。古人說偷得浮生半日閒，但這偷來的半日裏，也在研究股市，也在網上漫遊，也在做第二職業。酒吧茶秀自是閒的所在，然而談的卻大多是生意與商機。閒，已經被擠到一個狹小的角落裏去了。一個明顯的標誌，就是報紙的副刊越來越小甚至沒有了版面。副刊是閒的另一種所在，在這個太忙的年代裏，報紙經營者當然不會等「閒」視之，它早已被賣了大價錢──登廣告了。在太忙的年代，休閒是最常被提及的話題，然而，連休閒本身現在也是一種忙了：一方面是假日經濟之忙，另一方面是耽擱在路上的休閒之忙。有錢人最得意的標榜就是「忙著休閒」──把休閒當成一次豪華大餐了。

然而閒情並非大菜，而是清風流水，在這個太忙的年代裏，稍稍懂得一點閒情的人，只好把它做成一種小點心，夾在大餐前後，匆匆地吃上一點，倒好像閒是三明治的夾心，成了速食中的一味，終脫不了「匆匆，太匆匆」。閒情是閒出來的，今日的所謂休閒，卻是忙出來的，真正的忙中偷閒，但是只有閒字，情卻丟了。香港的董橋先生有感而發，說「現代教育不必再一味著重教人『發奮』，應該教人『求閒』」。羅蘭‧巴特也很懷念戰前巴黎人的「閒情」：夏天的傍晚，巴黎家家戶戶門前儘是乘涼的人，大家坐在那兒什麼都不幹。當然，坐在那兒什麼也不幹，那是性靈之人的作為，現在已經難得一見了。坐在那兒，總得幹

點什麼吧，要不然閒得心慌啊：怕跟不上時代，怕被淘汰，怕落伍，即便有了假期，也怕自己沒在「匆匆太匆匆」的休閒時尚裏忙碌。

把閒情做成點心嚼著，是這個年代的特徵之一，「閒」變得越來越實用了，「情」去了哪裡？連休閒讀物也是沒有「閒情」的苦命的文學家們匆匆忙忙趕出來的，甜得發膩或者嗲得犯酸或者酸得倒牙或者糙得發澀或者色得發餿，這樣的文字，哪裡還有閒情的味道？

閒情本質上是人之心靈，只有最具性靈的人才最能體味世間的閒情，只有自然山水最能涵養人之性靈，然而好山好水已經被忙著休閒的人們塞得水泄不通，「氣蘊生動」的只是塑膠袋易開罐和二氧化碳了，何處涵養性靈？斜臥在沙發裏手握搖控器有一搭沒一搭地轉換頻道，倒是最閒情的姿勢了，只可惜手指太忙，心其實也並沒有真地閒著，但這道電視點心已經是最好的夜宵。只是，山氣既無，日夕也不佳，性靈之人說：人類文化中的閒情逸興都給按鈕的機器按死了。

幸福得一塌糊塗

　　絕望的詩人曾經痛下決心：從明天起，做一個幸福的人。而一個樂觀的散文家卻說：幸福就是可以拖到明天的事情決不在今天去做。介於兩者之間的小說家的態度則是做多少算多少。從生活態度上看，詩人屬於未來派，散文家即時享樂，小說家隨遇而安。但是關涉到幸福這樣的哲學話題，交叉起來，難免悖謬──抑或辯證？

　　試以散文家的觀點去推論詩人，則詩人的幸福永遠都在無盡期的明天，也就是說，幸福永遠不會到來，這樣的未來派實在是做得很讓人覺得悲觀；而以詩人的決心論之於散文家，散文家倒成了一個未來派──一切等到了明天再說，包括幸福。小說家在一旁觀棋不語，但他內心裏已經偷著樂了，也可能他覺得詩人和散文家都太執著太認真了。「找不到快感的人才去找真理呢。」這話是鳳凰衛視脫口秀竇文濤說的，這樣說話未免有些猴急，有些大言不慚，有些武斷──武斷得很有些真理的派頭了啊。不過，我猜想小說家偷著樂的原因大略與此相近。因為小說家此時正在他的小說裏編排著詩人和散文家的命運，命運全在故事裏，所以小說家不屑於販賣真理。

　　竇文濤得小說家之法，行散文家之語，做詩人之秀，弄出一小碟俗世百姓的電視晚餐來，算是集大成於小鮮，簡單、即時、而且快樂，逗你玩兒兼帶著供你玩兒，不但現嘴，而且很有一點兒獻身精神。當然，「獻」的結果是「現眼」，弄得很多人都知

道他，很多人都羨慕他，覺得能有竇文濤式的生活便是幸福得一塌糊塗了。

　　幸福得一塌糊塗，其實是當下的時尚，連明白人現在都往糊塗裏裝呢，鄭燮條幅賣得極好便是例證。只不過糊塗原本也是出自天然，明白人最不明白之處便是不知糊塗是修不來的，更何況是裝糊塗呢。一不留神裝成一個半吊子也是有的，進而，一塌糊塗。

　　王家衛的《花樣年華》裏男女主人公都是揣著明白裝糊塗的主兒，說白了其實是王家衛揣著明白裝糊塗，一來二去的弄得矯情了，懷舊懷出滿身的蝨子，一塌糊塗，但不幸福，哪及周星馳在《大話西遊》裏來得爽，玩文化解構玩意義消解最是過隱。推及當下的時尚，幸福得一塌糊塗也是有其深蘊的文化背景的。詩人太緊張，散文家太懶散，小說家不著調，「後現代」生活的要義在於快感（「找不到快感的人才去找真理呢。」）──「幸福得一塌糊塗」。

聊天

　　曾經有那麼一陣子，周圍聚集著一大堆可以聊天、喜歡聊天、幾天不聊就會腰酸腿疼口舌生瘡的朋友，當然大多是喜歡文學藝術或者愛讀閒書的朋友。那時候大家既不有名也沒有錢，但有的是「閒時」和「閒情」，正好用來聊天。雖然並沒有人明確地意識到文學藝術是「閒」出來的，但潛意識裏，是受了「文人雅集」之類的傳統影響的，朦朧的感覺還是弄文學藝術就該「閒」著。後來讀到董橋，於是有了一個驗證。董橋認為，文學藝術的社會功能是消閒；當然他同時還說，『閒』中自有使命。想想當初的聊天，確有「萬家憂樂到心頭」的意思在裏面含著。可見使命與聊天與閒情，並不矛盾。所以董橋會說：沒有「閒情」的文學藝術家是最苦命的文學藝術家。所幸者，當時大家都還未成「家」，把「閒時」與「閒情」用來聊天也真不錯；如果還未成「家」之前就先做了那「最苦命的」某某，恐怕連成「那最苦命的」某某「家」的指望也沒有了。但是大家後來很少聊天了，原因當然是有人成名了，有人發達了，或者是正忙於奔赴成名與發達的途中；所以我現在一聽見某某說自己忙得連聊天的功夫都沒有，我就知道這是一個已經有點名有點錢或者即將有名有錢的人，他哪裡還有「閒」功夫聊天呢！

　　聊天是非功利的、無目的的一種話語消費，常常是連話題也沒有的，風中來風中去。來是信手拈來信口開河，來得輕易來得輕鬆；去是順水推舟隨風而去，去得蹤跡全無鳥不留痕。來去之

間，自是輕鬆愉快妙趣橫生無遮無攔。聊天不是領導講話、不是名流演說、不是談生意、不是創作與發表、不是採訪與刺探……甚至也不是請客吃飯、不是繪畫繡花、不能那樣雅致、不必文質彬彬；聊天沒有身份的負擔、意義的負擔、目的的負擔、盈虧平衡點的負擔；聊天就是聊天，是語言擺脫了工具理性的挾持之後江河入海般的汪洋恣肆，有了海闊天空魚躍鳥飛伸展自如，所以聊天也最能見出語言的豐富與奇妙。

但是有錢和有名的人大多領略不了聊天的好處，汲汲於名利的人也領略不了，因為他們太在乎每一句話的用途和價錢，再說他們也沒有這麼多的「閒情」；反過來說「聊天就是無用」也可以，他們說，在這個人人都忙的年代，清風白水式地聊天，是一種很可恥的奢侈啊！但是我的想法不同。我認為在這個人人都忙的年代，還願意有「閒時」還願意有「閒情」聊天的，恰恰是那些生命狀態最為舒展的人，他們的舌頭還沒有被功利和目的之類凍僵凍硬。我的意思是，現在還可以聊天還願意聊天的人是溫暖的、親切的，當然也是輕鬆的，儘管說了些什麼已經全然忘卻，但卻常常能帶給我們一個好心情。

有一個朋友打電話說，好久沒有聊天了，什麼時候在一塊坐坐呀。我說，很好啊，什麼時候都可以。我的意思是說，我有的是時間。我甚至覺得，自己像一個張大了「閒情」之網的捕鳥者，在等待著朋友們撞入網下——這樣說有點太鄭重其事了。其實，我只是喜歡聊天而已。這當然是「閒」……出來的「毛病」。但「閒」字總歸還是要的，「精神文明要在機械文明的衝擊下延傳下去，要靠『忙中偷閒』」啊！這是「過來人」的提醒：這一層應該細想，不可動氣。

閒人

　　出門去當街閒晃著，沒事掂著臉閒待著，芝麻綠豆大的口角湊著臉閒看，看到打起來時便遠遠地閒喊，最不濟的時候逮住路邊的孩子閒玩，那張閒臉如果黑了下來，聰明人會聰明地繞過去。閒人的首要特徵便是閒著，但是閒得久了，便會心癢肉跳──閒出事來。閒人滋事，算是經驗談。惡少閒著免不了遊蝶戲鳳，紈絝閒著還可以提籠架鳥，畢竟算有個事兒可做。真正的閒人都到街面上去了，不為什麼，尋事呢──尋釁滋事，閒人之所為也。

　　當然這都是舊時說法。

　　遊蝶戲鳳、提籠架鳥早過時了，現在是酒吧保鈴高爾夫，想刺激一點的也可以上高速去飆車；至於街面上的主兒，因為車太多了，當街晃著顯然已經不可行，掂臉閒待著有點癡傻，湊著臉閒看已無風景，遠遠地閒喊類同於半瘋，路邊的孩子警惕性更高，黑下臉也由你黑著，大家都知道你煩著呢，誰理你呀。更本質性的還在於大家都忙，閒人令人側目，忙著的人可以給閒人眼色，這是今日的時尚。

　　但是時尚歸時尚，真正的閒人總還是讓人羨慕的，尤其讓從早忙到晚終日不得閒的人們心生無限遐想：什麼時候賺到了足夠的錢，給自己放一個永遠的長假，做做閒事，看看閒書，走走閒路，過閒日子。即使是閒晃著，閒待著，閒看著，閒喊著也好啊。由此可見，這忙人可以給閒人臉色看的時尚，其實有相當多的無奈和被迫的成分。

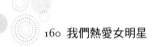

有一個著名的寓言：

富翁問躺在海邊的垂釣者：你為什麼不釣魚呢？

垂釣者：釣那麼多魚幹什麼？

富翁：賣錢呀，那樣你就可以買一條漁船。

垂釣者：買漁船幹什麼呢？

富翁：那你就可以捕到更多的魚。

垂釣者：捕更多的魚幹什麼？

富翁：掙更多的錢，組織一個船隊。

垂釣者：那又怎麼樣呢？

富翁：那就變成和我一樣的富翁了。

垂釣者：然後呢？

富翁：你就可以什麼也不幹。

垂釣者：我現在不就已經這樣了嗎？

現在的忙人大多秉持著富翁的邏輯，因為垂釣者所依據的現實早已經改變，現在的現實是魚太少而漁夫太多，誰要真地閒下來就那就是已經「下崗」。「下崗」可不是什麼好玩的事情，不如「下海」，那怕赤手空拳去撈呢。所以閒人其實已經成了一種可望不可及的好生活的標高，端的是時光流轉，人不得閒啊。早些年含了無窮貶意的「閒人」二字，到今天已經是活出來的一種境界了。我的感覺是，如果今天有誰說你是個閒人，那肯定是在誇你呢；現在要是有誰說自己是個閒人，那他的臉上，肯定充滿著「活好了」之後的那種得意之色。

奇蹟

　　奇蹟不會出現，消息不再驚人，你坐在家裏，跟坐在世界上隨便什麼地方沒有大的分別，就像衣服閒搭在椅背上，姿態因慵懶而顯得無限溫柔。無精打采就是一種愜意，還有什麼比睡意襲來更讓人感到安穩呢？只要炸彈還沒有落在自己的頭頂，只要地震的裂縫還沒有延伸到自己的腳下，凡是能拖到明天的事情，決不在今天就去做它。一向不夠溫柔的你，發現無限溫柔其實來得這樣容易，所有的壞脾氣原來都是急於事功的結果。不過現在，只要你似看非看地眨眨眼睛，所有的人事與景物就都飄忽起來，與此同時你的樣子就已經是那種無限溫柔之姿了。

　　這樣的姿態對應於人生座標裏的中年。中年有許多理由讓自己放棄期待，不是無欲則剛，而是無望則柔，你跟世界和平共處，或者，和諧同構。不再丟了魂似地焦頭爛額地忙碌，與世界之間緊張的關係變得鬆弛，更多的閒暇從心裏開始，然後流溢到你的眼角。終於，你有了另一種體驗，臨近中年時的恐懼消失了，時間原來多的是啊。更進一步你還有許多新的發現，譬如電話，其實完全可以撥掉插頭；譬如手頭的稿子，大多數可以不必現在就寫；譬如早飯，放到午後去吃也沒什麼不妥；這樣的情形已經有些重回少年時光的意思了啊！你的情緒頓時好將起來。

　　其實，奇蹟已經在不知不覺中降臨到了你的身上。

　　生活中的奇蹟，有時候就是在退後一步中發生的。

　　這時候你想出去走走了。百無聊懶地走走，無限溫柔地走走。你先去了街邊的食檔，小老闆的面目並不像你以前認為的那麼可憎，你要了一碗餛飩，她甚至對你友好地笑笑；接下來你走進書店，以前每次走到這裏你都會感到絕望，你覺得所有的東西都已經被人們寫出來了，你再寫什麼都是多餘；但是現在你不這樣認為，你愉快地穿行在書海之中，有一種類似於衝浪的快意，你隨意拿起兩本新出的雜誌翻翻，你覺得他們太緊張了，文字的肌肉緊繃繃的，有作秀的嫌疑，顯得有些矯情，你寬厚地笑笑又把它們放回了書架。後來你坐進了書店旁邊古香古色的明清茶樓，你覺得明清之閒甚至也是可以從今天激越的浮生之中偷得來的，滿口清澀之香的銀針恰似你此刻的心情。再續一壺清水，讓它淡下去，中年之亂就會從濁重的腎液中悄悄走掉。好了，現在你可以踏著夜氣無限溫柔地回家，奇蹟已經發生，燈下的生活也可以重新開始。

　　有一天你對我說，日常生活中的奇蹟其實就是心情。心情轉換的時刻，奇蹟已經發生，而驚人的消息之所以具有驚人的效果，則完全取決於你自己是否感到驚心，它原本和消息本身沒有什麼關係。當然，你這樣說的時候我已經感到非常吃驚，因為奇蹟其實已經發生。

五毛錢的信用

　　逃亡者約翰在一個小鎮上住了下來，他每天都要到街口的小飯館裏吃飯。每頓五毛錢，一杯牛奶和一個漢堡包。這天上午吃完以後，他付帳的時候，店主恰好沒有零錢找給他，便說你下午吃完再一塊給吧。但是已經不可能有下午了，因為兩個小時以後，追趕者已經到來，他必須繼續踏上逃亡之路。但是這件事情一直讓他感到不安。多年以後，大約有十年吧，逃亡者再次經過這個小鎮，來到街口的小飯館，他是特意繞道過來還錢的。年邁的店主已經不認識他了，無論他怎樣描述自己當年的情形，店主卻始終想不起來，老人早就忘記了這件事情。但他還是堅持留下了五塊錢，當然，包括利息和保值貼補。不幸的是，為了這五毛錢的信用，他在小鎮上再次被捕。

　　這是一個非常簡單的故事，平淡無奇，而且，五毛錢的數目也微不足道，經過十年的貨幣貶值，大約也就相當於五分錢吧，大可不必如此認真。但逃亡者約翰卻為此付出了再次被捕的代價。在這則故事裏，正是他的誠信精神，讓我深為感動。信用，不單是商業運行的原則，更是一種人的品質。在見多了惟利是圖、欺詐矇騙和背信棄義之後，聽到這樣一則關於五毛錢的信用的小故事，直如鮑魚之肆上忽遇清風，叫人內心澄澈。在這個很初級階段的年代，我們現在無須關心故事中的逃亡者約翰的命運，但我們卻必須關心自己內心的品質，商品經濟，也該有它的清潔的精神，不僅是作為制度和原則，同時也該是一種人的品質。

　　我們現在如此急切地走在現代化的路上，許多制度和原則都尚待完善，但是誠信作為古老的品質，是不應該等待制度和原則來規約和確認的。類似於逃亡者約翰這種五毛錢的信用，應該是自率我們生命的貫穿始終的生活道德準則。

乘慢車旅行

　　火車又一次提速了，為了和這個追求高速的時代合拍。高速當然有許多好處，僅就旅行而言，可以免去耽於旅途的勞頓，不必等，不必想，一泡尿的功夫，目的地已經到達；然而，心理的進化趕不上變化，這使我感到空茫，速度與時間的空茫，總是急促促趕路的空茫，一種內心的情緒無處安置的空茫。這種時候，我常常會想起一位詩人的詩題「我想乘一艘慢船到巴黎去」，是啊，這可真是不錯，我也想乘上一班慢車去旅行。不是趕路，而是旅行，這有多好！

　　在一個週末，我恰好沒有什麼要緊的事情，從西安到寶雞，我決定坐慢車回去。一大早我就到了車站，為一張短途車票我在擁擠在大廳裏排了兩個小時的隊，如果走高速公路我早就到了，但我並沒有著急上火，售票廳的擁擠使我感受到一種久違的親切，恍若少年時代的某一天；當然我也為慢車之慢作了充分的準備，進站以前我買好了啤酒、鍋巴、火腿腸之類，又到報攤上買了兩份各有四十多版的報紙，我要在車上慢慢地消磨。這可是慢車呀！上車的時候，我甚至有了一陣莫名的興奮。類似的列車，約翰・契佛在他的小說中寫過，顯克微支也在他的《橫貫大陸的鐵路》中寫過，而我興奮的頭腦此時也已經被慢車上的少年時代的記憶充滿。

　　我準備用三個小時的時間從從容容地喝完一瓶啤酒，一邊喝一邊與坐在對面的素不相識的人聊天；如果對面的人感到疲倦哈

欠連連，那麼我可以轉過頭去欣賞窗外的景色；如果連窗外的景色也單調得讓我失去興趣，我還可以低下頭來翻看報紙；如果連報紙也看得累了，我就會在車廂裏來回走上幾趟，在車廂的接頭處，我會抽上那麼兩支無聊的煙，然後回到坐位上看鄰座的人打牌……。總之，我有的是時間，同樣我也有更其多的消磨時間的方式，坐慢車旅行，就該是這個樣子。應該說，這一路上，我所設想的大多都做了，只是啤酒僅一個小時就喝完了；而報紙卻只看了四個版；我甚至連一支煙都沒來得及吸，火車已經到站，我該下車了。慢車竟也跑得這般快了，這使我感到非常遺憾。我希望它慢些，再慢些，我希望……火車永不到站，像我的年齡，像我不再趕路的心緒，永遠在路上，永遠不到達。

現在我坐在家裏，回味且想像著坐慢車旅行的美妙之處，而時光正在無聲地飛速逝去。我希望有更長的路，更慢的車子。下一次旅行，我要坐慢車橫貫大陸，在每一個不知名的小站，我都要下去走走看看，然後繼續我的慢車旅行。在到處都是急急如風的忙碌和追趕中，我甚至覺得，乘慢車旅行，這已經成了一個理想，在日月如梭時光飛逝中，讓我們的生命之車慢下來，我們願意它停在某一個美妙的瞬間，好讓我們從容地宴饗生活之美。

喊自己的名字

　　一個人沒事，喊自己的名字玩，聲音撞倒了另一些人，驚起一片回應的目光；他們以為是在叫他們中的某一個呢，紛紛回過頭來，那個叫喊者於是哈哈大樂。

　　這看起來很像是一個無聊的遊戲。

　　但這確實不是遊戲。

　　很多時候，我們就是想高聲地、淋漓盡致地喊上那麼一嗓子，然後才會覺得適意，覺得痛快，才會知道世界和自己都還依然健在。

　　很多時候，是指鬱悶、失意、孤獨……當然也包括無聊。很多時候，世界安然無恙，但我們不知道自己身處何地，我們不知道自己還在不在自己的身體裏面。我們揪自己的頭髮，掐自己的大腿，但我們卻感覺不到疼痛；我們於是懷疑，身體還是不是自己的身體、身體裏的那個人是否已經游離？

　　靈魂出竅！並只不是蒲留仙的鬼狐精怪故事，常常也是現代人的生存事故。穿行於高速流轉的都市，如同被設定了程式的生物機器，走著走著，突然就覺得找不到自己了。但是舉目無親，身邊全是陌生的背影，瞻前顧後，見不到一個親人。孤獨、失意、鬱悶、無聊，油然而生。有誰是可以呼喚的呢？恍然記起一個已經很久沒有人喊過的名字，如同找到了一根救命的稻草，必須奮不顧身地抓住。那就大聲地喊吧！聲音撞倒了另一些人：叫

誰呢？你哈哈大樂。他們於是唁罵道：神經病，叫魂兒哪！你當然知道這不是一個輕鬆好玩的遊戲，你知道你是在叫你自己。

很多時候，我們得用這種辦法找到自己。哈哈大樂時我們尚且麻木，但到了挨罵的時候，我們就已經知道這是怎麼回事了。

找到你自己！這是人類初始的聲音，但是到了今天，我們卻需要通過一個看似無聊的遊戲來確認和完成，我不知道這是該哭還是該笑。但是……笑比哭好。在這不知哭笑的時刻，我們就喊自己的名字來逗樂吧。

我以前讀過的一首詩裏就這樣寫道：「……前邊沒有人，後邊也沒有人／你不由得就要吆喝一聲／吆喝完了的時候／你才驚異能喊出這麼大的聲音／有生以來頭一次／有這樣了不起的感覺」。啊呵呵呵呵——我也試著吆喝了一聲，感覺果然就不一樣了。真是不錯，很好，很帶勁，很了不起哦。但這還僅僅只是吆喝，如果接下來喊出自己的名字，而你清楚地知道這是在呼喚自己，並且痛快地答應一聲，那就更有意思了。

搭車遊戲

米蘭·昆德拉寫過一篇小說，叫《搭車遊戲》。一個小夥子帶著他心愛的姑娘，開車去另一個地方玩兒，一路上除了聊天之外，並沒有他們期待和想像的意外驚喜或者浪漫故事發生。很顯然，漫漫的旅途會變得越來越枯燥。於是他們心血來潮，突發奇想，小夥子假扮單人單車旅行的司機，而姑娘則假裝是路上的搭車女郎，他們決定玩一次搭車遊戲。靈感當然來自於他們讀過的那些豔遇故事，為此他們都興奮不已。開始的時候他們還都有些不太適應，但是漸漸地就愈演愈真了，他們把紙上讀來的豔遇故事加以想像並不斷地推向極致，玩著玩著就玩成了真的，糟糕的是，他們玩過了界。結局當然不是太好，一段搭車遊戲，斷送了兩個人的感情。

仔細推敲起來，如此惡果，概出於與未婚妻同行之故。若是此二人分頭行動，各有一豔遇在路上，發生或者未遂，都不打緊，到了約定的地方會合之後，二人膩歪起來的時候，黏度肯定會增加N倍。

反過來說，如果此二人並非情侶，那這場搭車遊戲就堪稱美妙的旅行豔遇了。人呆在家裏，是不會想像豔遇故事的，然而一旦駕車出了遠門，對豔遇的憧憬就會無端而且無邊地豐富起來，渴望著陌生的美女帥哥施施然而來，頓時雜念叢生，如兔撞胸，百瓜撓心，如若「豔」不現身，一路都會戚戚然成抓狂之態。正如古人之所謂：物離鄉貴，人離鄉賤。人一出門，多多少少都會

有點兒想犯賤的意思，更何況是駕車出門，更何況是長途，犯賤的藉口和條件都遠遠優於其他的出行方式。

渴望豔遇是人的本性使然，是謂「有賊心」，出門旅行脫離熟人環境可以「壯賊膽」，而獨自駕車人在旅途，是連「賊時間」和「賊條件」都同時具備了，要想不犯賤都難，唯一期待的就是那「賊」早點出現。此「賊」非彼賊，是為豔遇之「豔」是也。自駕旅行中的豔遇，來自於對旅途的想像。國人的車輪上的生活才剛剛開始，可以臨摹的版本，大多來自歐美電影，而這樣的故事，多從搭車開始。在前不著村後不著店的地方，一美女或者帥哥，伸出臂膀翹著大姆哥出現在前方的公路邊，是謂「驚豔」，駕車者胸中頓時就兔跳不已了。

自駕旅行中的豔遇，可以帶來如下幾個可能性：第一，打發旅途中的寂寞；第二，營造一種曖昧的心理感覺；第三，成就一段朦朧的感情體驗，當然是來無蹤去無影地隨著旅行或者搭車過程的結束無疾而終；第四，飛來的愛情，不過與中彩票大獎的凡率差不多；還有……第五，就是當「豔」遇變成「厭」遇，此「豔」或是沉默寡言令旅途中車廂內空氣更加凝重，或是話癆令你不勝其煩，或是有強烈弧臭，或是愛摳腳丫，或是毒販在逃，或是……不一而足。說到底，自駕旅行中的豔遇，不過是一場搭車遊戲，而這遊戲的結果如何，並不在自駕旅行者的想像之內。總結以上五個可能性，可以仿老托爾斯秦一句名言以概：所有的豔遇都是相同的，而厭遇則各有各的故事。

談了一場知識份子寫作型的戀愛

相戀五年，終於分手。朋友告訴我這個消息的時候，著實令我吃了一驚：如此摯戀、如此般配的一對兒也會分手？而且，在五年之後。看朋友的神情，含著許多沮喪，同時，有些終於解脫的釋然，又似乎有點兒欲說還休的無奈。總之，心情複雜。痛苦和遺憾，想來也是有的罷，但是他沒說。

要說，這兩個人的戀愛真是沒得挑，屬於百年修得同船渡的主兒。知識，趣味、相貌、職業……以及種種人們認為在一對戀人之間可以談得出來的因素都在證明著兩個人的般配，用天作地合這種俗詞兒來概括也恰如其分。當然，最重要的是兩個人的情投意合，是那種互相滿意得只要想一想就會激動的戀人，欣賞對方的同時，暗自還在感歎自己遇見對方真是三生有幸。雖然尚未結婚，但是他們誰也沒有懷疑過他們不會情深意篤地白頭到老。

當然，這只是頭兩年，頭兩年互相只知道愛，出自天然，毫無修飾，一想到互相在愛著，就感到幸福得一塌糊塗了。也許是太愛了，又都覺得還愛得不足夠、不充分，所以還想愛得更深入、更徹底，希望全身心的融為一體。因為兩個都是讀了許多書的人兒，所以把全部的精神積累都納入了戀愛之中，兩個人合計好了，都要用知識和理想的狀態來要求對方，甚至，改造對方（當然互相也都是樂於接受改造的）。確切地說就是，為了更好地愛，他們用自己豐富的知識研究探討起戀愛中的問題了。

　　如果僅止於研究探討倒也罷了，但是他們還要到自己和對方的身上去實行，有點理論結合實踐的意思。但是，漸漸地卻在不知不覺當中演變成了鄭人買履。然而，他們似乎忘了，這是兩個鄭人在買同一雙鞋子，結果出了問題。爭吵開始了，批評開始了，甚至，我覺得連戲劇中的間離效果也出來了。在其中又不在其中，戲中人也要做觀眾，在欣賞的同時又在表演，戲劇衝突當然也漸至高潮。幕落，散場，彼此分手，各回各家。

　　朋友的感歎是：其實，我們是兩個傻孩子。朋友是寫點詩的，知道詩歌界在世紀末發生的「民間寫作」和「知識份子寫作」的論戰，所以他頗帶自嘲地調侃道：我們實際上是談了一場「知識份子寫作」型的戀愛，譬如《傷逝》中的涓生和子君，很大程度上也是一場「知識份子寫作」型的戀愛。

　　看來，戀愛還是「民間寫作」那一套比較可行。只有渾沌著，才來得真切而且真實可靠。我為這一對人兒的分手感到由衷地可惜。但是聽完朋友的總結，我倒是覺得他仍然還在關於戀愛的知識海洋裏撲騰。愛情如鞋，要的是舒服的心理感覺，與它的樣式無關。他們的失敗在於，本來已經有了一雙非常合腳的鞋子，但這兩個傻孩子卻對鞋子考量起來，如此認真地捧著鞋子研究探討，結果，自己的腳就只好抽出來放在外面。

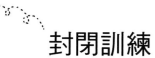

封閉訓練

　　如果心緒煩亂而又無以排解，我就會關起門來拒不見客，當然手機也要關掉而且撥掉了家裏的電話插頭，這樣就很少有人能找到我了。過後有人問道，你那些天幹嘛去了？總也聯繫不上。我說自己在做封閉訓練，一聽到封閉訓練四個字，有人的表情立即變得肅然起敬的樣子，好像我馬上會有什麼大作品問世。

　　我們是熱衷於並且習慣於對被封閉的部分作出猜想的人，我們有這樣的文化傳統，我們以為在封閉的後面肯定會含著高招與絕技，最起碼也得是一兩個可以出手不凡定然奏效的殺手鐧。我呵呵呵地回應著，像我國的某些體育代表隊的領隊，吱吱唔唔，語焉不詳，於是愈發顯得神秘了。其實我不過就是藏了起來，幾天而已，但是懸念被提了起來，刑警和懸疑小說作家感興趣的東西，在我的同事同行以及媒體那裏，也會產生加倍的效果。

　　武俠小說裏有許多封閉訓練的故事。幾乎每一個大俠，都曾經歷了一些封閉訓練的時期。於某某山某某島某某洞某某壁苦修苦練多少年，習得當代絕技成就蓋世武功云云，我們早已熟知。而神秘的瑜珈術就更加不得了了，聽說要封閉在類似墓穴的地方，不吃不喝與世隔絕。總之，在我們東方，封閉訓練是有悠久傳統的。而封閉訓練最少有兩個方面的神奇效果：一是成就了某方面的高手；二是製造了關於此高手的懸念。兩者相得益彰，於江湖中產生的炒作效果絕佳。因此，封閉訓練也被精明之人廣泛運用於商業炒作，藉以嚇人或者蒙事兒。

　　所謂封閉訓練，它的絕妙之處在於把已知有效地推向未知，或者，準確地說法應該是刻意地把常規訓練製造成神秘事件，在心理上，先給你一個驚嚇效果。所以我很懷疑，封閉訓練的意義常常並不在於訓練，而是意在封閉所帶來的輿論效果。譬如，像我這樣只是因為心緒煩亂而又無以排解而藏起來的人，封閉訓練之類的說詞，也就只是脫口而出的戲言，頂多是自嘲式的虛張聲勢罷了。但我如果裝成了神秘的樣子，就會令你內心怯怯肅然起敬。

　　當然，現實中的問題是，虛張聲勢的做法只能用一兩次，用得多了就會失效，像那個不斷喊著「狼來了」的孩子，顯得非常無趣。等到狼真的來了，也只能自己與狼共舞，並且被封閉在人們的視野之外，進而被狼吃掉，消聲匿跡。

私碟

　　鬧得沸沸揚揚、廣受上下各方關注的「夫妻看黃碟」事件，終以延安警方的道歉而告平息。滑天下之大稽的後面，有多少澀澀的酸楚，令人深長思之。但是在這裏，我想說的並不是這個，我想說的是DVD的私人性質，我謂之為私碟。

　　早年看譯製片的時候，有些隱約的聲音曾經告訴我們，我們看到的並不是電影的全部，而是經過刪剪的並不完整的電影。記得當時有一部電影《葉塞尼亞》，據說是因了林立果的喜歡才被翻譯的，是否確切，不得而知；又據說林看到的和我們在電影院裏看到的並不一樣，我們看到的只是一個潔本。這樣的說法讓人想到《金瓶梅》的潔本中被刪去的部分，即便是《金》的潔本，在當時也是很高級別的一種待遇，坊間就難得一見了。不過，譯製片是另一回事，不完整的譯製片，當然是囿於國情的不同，道德觀念和風俗習慣也包含在其中，但這只是其一；其二，也是更重要的（並不僅限於外國電影），影版與碟版的不同，區分開了公共性與私人性。

　　公共性與私人性大不相同，在電影院裏看電影和在家裏看影碟的區別不僅是畫面與音效的差別，更有著公與私的差別。電影所反映的人性和生活的複雜性原本就包含著私密性，不宜多人共賞的部分只能回到私密時刻去觀看。我們都知道，許多碟版電影不宜一家老少同看，這並不僅僅是因為少兒不宜，也不僅僅是囿於觀念落差造成的老人不宜，私聲音私圖像也許只宜在私下裏

傳遞。而我們的遺憾,是在過去的許多年裏、在電影的公眾年代裏,私聲音私圖像並沒有一個恰當的場所,生活與人性中的私性質只能消解在公共性裏。達樣的前提下,藝術對生活的表現是殘缺的,同時生活對藝術的模仿也是跛足的,生活和人性本來的樣子(主要是私性質的樣子)消失在公共性中。這使我們對生活和藝術產生了雙重的懷疑,對藝術的不信任由是產生,生活也由是變得疑竇叢生。甚至我還曾經懷疑過100分鐘的所謂科學的電影長度,不過現在我們終於知道其實遠不是那麼回事兒。

現在,電影製作人都知道在發行影版的同時剪出一個更完整的碟版,100分鐘並不是一個界限。如果說影版是公共性的,那麼碟版就是私人性的。因為雷射技術而到來的私碟時代,讓電影終於可以彌補公共性帶來的遺憾。對於影像藝術,私碟,也許是更人性的更生活的同時也更藝術的?

洗澡

　　第六代導演張揚的電影《洗澡》，喚起了我們對舊年的大澡塘子的回憶。張揚因為此片得了不少獎，國內國際的都有，而張揚獎給我們這些觀眾的，是一個關於記憶的封印。舊年的澡塘，或稱毛澤東時代的公共浴室，終於關張，封存於記憶，由此被封存的還包括那種熱氣騰騰而又微妙抑或美妙的人際關係。我們現在在街邊看到的奢華如星級酒店的浴場浴都之類，與舊年的澡塘絕對不可同日而語，洗澡的性質隨之也發生了微妙的變化。

　　在這種奢華的浴場浴都裏，洗澡只是一個前奏而已，是更多娛樂節目開始前的過門兒，更像是一個熱身活動。接下來，好戲就要開場了。煙、酒、茶、食的同時，再加上歌舞表演、時裝秀、可以躺著看的電影以及按摩踩背之類，眼耳鼻舌身全娛，怎一個洗澡的洗字了得？難怪現在的浴場浴都之類被稱為娛兒場所，聽著怪彆扭的。洗澡就是洗澡，幹嘛要叫做娛樂？街邊的髮廊足浴之類是否也有娛樂之嫌？如果說髮廊足浴只是娛樂頭髮兼帶娛樂腳丫，那麼浴場就是全方位的娛樂身體，但是，靈魂呢？

　　錢鍾書夫人楊絳寫過一部名為《洗澡》的小說，倒是觸及了靈魂的「洗澡」，小說寫五十年代的「思想改造運動」，對「靈魂洗澡」刻畫得入木三分，當然也觸動皮肉，但卻不涉娛樂，不僅不樂，甚至苦澀苦楚到苦悲了。正所謂，在血水裏浸三次，在淚水裏泡三次，在沸水裏煮三次，這樣的「洗澡」法，有點接近

被投入太上老君煉丹爐裏的孫悟空了，一個人的靈魂如果被這樣洗過，我估計就什麼樣的水都敢淌了。

楊絳所寫「洗澡」，是靈魂的滌蕩；張揚拍的「洗澡」，是身體的漂洗；而今天的浴都浴場裏的「洗澡」，是什麼呢？是一種邊緣性的娛樂？為什麼我們現在聽到某人請某某到某某浴都去「洗澡」，會感覺是一種非常曖昧的活動？讀到年輕的網路寫手水晶珠鏈寫她的一個娛樂圈朋友的文章，題目是「她和她和洗澡水們」。文章裏面說到當今知名的幾大藝人都曾經是「她」的「身體的過客」，用「她」自己的話說就是「他們像洗澡水一樣洗過我的身體」。這個比喻，內含複雜而且聳人聽聞，水晶珠鏈最後寫道：「也許是我多慮，她的心早就碎在某年某月的某個下水道裏了。」

兩下裏相看淚眼

　　把喜劇片弄成搞笑片似乎是香港電影的一大發明。情節離奇，動作誇張，語言出位是港版搞笑片的特點，有時近乎鬧劇，不過人家下的那功夫，就是硬生生地要把無聊的憂傷的痛苦的嚴肅的人給咯吱笑了，居然有效，令人稱奇。驚奇之外，也能看得出來，人家多多少少還是會搔到癢處的。譬如《大話西遊》這種，算是有創意有想法的，笑的背後藏著現代人的情感酸澀在裏面，某些部分還真有感動人的時候；《國產淩淩漆》就有些刻意而且不厚道了，但是仍有可樂之處，只是不厚道罷了，讓人捧腹大笑而至於含怒，是另一種效果。其他近乎鬧劇的垃圾搞笑片，在內地的一些環境惡劣氣味難聞的錄影廳裏也有放，不過市場也僅止於此，文化人尤其弄電影電視的文化人不屑於論。

　　弄電影電視的文化人現在當然也知道搞笑是有市場的，內地產的搞笑片近年也出了不少，我也看了一點，可惜難於把人給搞笑了，有時候拙劣得有點像是拿了木頭刀子硬捅人的胳肢窩，不僅笑不出來，倒是有些生理的不適在毛孔裏爬，我的做法是把他們的那不會咯吱人的手給打掉——換頻道。

　　換到正放著隔著年代的老電影的頻道時候，我的小同事小朋友們會樂不可支。老電影在現在很多三十歲以下的人看來，就是一種搞笑片。老電影中所有在他們的父輩看來嚴肅認真甚至神聖崇高的東西，到了他們的眼裏一律誇張做作矯飾滑稽，在他們笑得前仰後合的時候，父輩們會感到莫名其妙，這有什麼可笑

的嗎？由是我倒是相信了「代溝」的說法，互相看得見，但是卻永遠跨不過去。甚至，有時候不只是溝，還是山，「年代是一座山」，聽得到彼此的聲音卻看不見對方的臉，當然更看不懂對方的表情。

老電影能夠讓老人回憶起來點什麼，青春記憶抑或已經逝去了的美好的回憶，正像他們喜歡的普希金的詩：假如生活欺騙了你／不要憂傷，不要抱怨／那過去了的一切／都將成為美好的回憶。只可惜這美好的回憶令下一代捧腹。我曾經看到一個場景，老少兩代同看老電影，是一部五十年代的很著名的黑白片，老一代被感動得眼含淚花，少一輩的則以為是搞笑電影，而且笑得流出了眼淚。這兩種眼淚都被我看在眼裏，但我知道那眼淚的味道迥然不同。如果硬要拿「歷史不能忘記」這種話來跟下一代說事兒，似乎過於沉重也過於嚴重了，但人們又將如何清楚地對下一代解釋那個年代裏發生的事情？隔山隔水隔年代，嚴肅對滑稽、神聖對搞笑、悲劇對喜劇，兩下裏相看淚眼。應了那句俗詞兒：不是我不明白，這世界變化快。

愈恐怖愈快樂

　　正是百無聊賴的日子，朋友送來一大堆碟片，其中有《午夜凶鈴》和續集《凶鈴再現》。朋友說此片在香港上演時，曾經有人被嚇死在電影院裏。看電影會把人嚇死？我有些不大相信。譬如號稱美國恐怖小說之王的史蒂芬·金，看他的小說以及改編的電影，也沒見把誰給嚇著。朋友善意地提醒我，千萬不要獨自一人在夜間看，否則，電話鈴一響，準把你的魂兒給嚇丟了。

　　我其實很想讓自己被嚇著，藉以對抗百無聊賴的日子，說得直接點就是找點刺激，深刻的說法則是，人性中與生俱來地有著對神秘與意外好奇的本能，渴望體驗恐怖帶來的那種快樂，如果生活中沒有，那就到小說或者電影裏面去找。也許，這正是恐怖作品得以存在並長銷不衰的人性基礎。

　　但是，很遺憾，我並沒有被《午夜凶鈴》給嚇著，雖然送我碟片的朋友在午夜打來了專為製造恐怖氣氛的電話，但我仍然沒被嚇著。只除了電影中貞子的「那一眼」有點奇怪有點醜陋，像一隻人造的假眼珠以外。所以我當時會想到，台、港那邊把恐怖片一律叫做驚悚片是非常準確的，驚悚和恐怖，太不是一回事兒。我們看到的許多所謂恐怖電影，其實只是令人驚悚而已，並沒有嚇得人靈魂出竅的奇效。

　　不過，我也看過真令人心生恐怖的電影，譬如《無懈可擊》，但那好像並不是一部標明恐怖片的電影。相處很好的鄰居，原是讓人疑竇叢生的變態的殺人邪魔，但我們在開始的時候卻全然不

知，這種生活在刀刃邊上的處境才是真正的恐怖。看這部電影的時候，我突然想到一位朋友的詩：最不瞭解的人是最恐怖的／她睡在你的身邊，同床共枕。我的這位詩人朋友，也是一位恐怖電影愛好者，但他和我一樣，對看過的所謂恐怖電影有著相同的失望。也許我們都是在生活的恐怖裏陷得太深的人？另有一位喜歡編造現代鬼故事的朋友，倒是被自己嚇著了。她是一位老姑娘，時髦的叫法是單身貴族，她用賣鬼故事的錢買了一套高層住宅頂層的房子，但是裝修完了之後，卻從來不敢一個人去住。我想，她是被自己製造的那些恐怖故事給嚇著了，有點自食惡果的意思。

扯遠了，還是回到恐怖電影。它是用來幹嘛的？純為鍛煉膽量好像用不著這麼曲折這麼費事，當然它有這個捎帶的效果。但我以為恐怖電影以及類似的恐怖故事被製造出來就是讓我們玩兒的，借用王朔的話說：玩的就是心跳。心跳愈烈則快樂愈多，然後……就不會有那麼多的百無聊賴。至於真正的來自人心的恐怖，我想，我們大家都不需要這個東西；如果很不幸地萬一被它光顧，我們的日子就沒法安生了，像那位製造鬼故事的老姑娘——儘管她是才女，也沒有用武之地。

電影中的記憶

　　《天堂電影院》是一部令人著迷的電影，多年前在電視裏看到過一次，可惜只是從中間看起的，留了很多遺憾，在碟店裏找到它的時候已經是幾年以後，但是再看仍然有一種感動。找到《天堂電影院》的碟片之前，稀裏糊塗地看了《西西里島的美麗傳說》，也是童年視角，也是小鎮生活，也是長成歷程，不知道怎麼的，一下子就起了《天堂電影院》。《海上鋼琴師》的味道略有不同，那是在我找到《天堂電影院》的碟片之後，是依照護封上的介紹按圖索驥的結果。吉賽貝‧托納多雷就此成了我的一個電影情節。可惜我至今沒有找到關於他的事蹟，網上搜得到的只是一個簡介，1956年生於義大利，1988年拍的《天堂電影院》是他的第二部電影，這個電影1990年獲得奧斯卡最佳外語片獎。這三部電影都是吉賽貝‧托納多雷自編自導，而且原來的片名非常有意思：《星光伴我心》（《天堂電影院》）、《聲光伴我飛》（《海上鋼琴師》）、《真愛伴我行》（《西西里島的美麗傳說》）。這個片名序列讓我對他產生了極大的興趣。

　　我猜想吉賽貝‧托納多雷的童年生活場景，大約和《天堂電影院》、《西西里島的美麗傳說》中的相去不遠。鄉村小鎮、自由然而單調的生活、互相熟悉到可以說出彼此來歷的人群，在這樣的地方成長，童年記憶可能會伴隨一生，影響一生。吉賽貝‧托納多雷的電影有著複雜的人生主題，我以為是屬於在用電影寫小說的那一類導演，行話應該叫作家電影吧。我不知道他是否

作家，但他的電影大多是自己編劇，而且和成長有關——每個人的一生都是在不一樣的成長中展開的，吉賽貝·托納多雷展開的更大更複雜也更廣闊。國內近些年也有不少類似之作，譬如《搖啊搖搖到外婆橋》，譬如《小武》，譬如《我的父親母親》，但是與吉賽貝·托納多雷的電影相比之下，卻等而下之。同樣的電影中的記憶，我們這裏的導演們缺了些什麼呢？我們這裏的關於童年記憶的電影看起來是如此之輕，而吉賽貝·托納多雷卻是重的，不獨吉賽貝·托納多雷，包括老一代的費里尼和安東尼奧尼。

在記憶中思考人生，在思考中挖掘記憶，方式是共同的，結果卻大不相同。電影的差距是人生的差距還是思考的差距？義大利電影向來有對人生的獨到發現與思考，從費里尼到安東尼奧尼再到這個吉賽貝·托納多雷，我以為其中有一條非常明晰的超級現實主義的線索在其中貫穿著，我們這裏的導演們是不是太「虛」了點兒？我們記憶當中的生活之重與生活之痛也許更多，但是電影中的記憶卻讓人感到輕薄飄忽，這和我們的小說乃到整個文學的狀況頗相類似，不由人不生出徒歡奈何之感。

落伍到底，即是時髦

　　我的朋友中有一酷愛黃軍挎的主兒。記憶中似乎已經背了十幾二十年了，中間換過幾個，從挎包蓋上印著「廣闊天地大有作為」和「紅軍不怕遠征難」字樣的軍挎，到今天的純軍綠色，十多年一貫制地挎下來，時尚流轉，而愛軍挎者始終不改其志也。

　　朋友肩上的這只軍挎，在不同的年代裏曾經盛載過不同的時髦物件兒，有一段時間，那裏面常備的是三件東西：香煙、手機、傳呼機。一大群人物相聚，每聞「機」聲，我這位朋友便拎起軍挎貼耳細聽，隨即伸手入挎，摸出一機。其情狀照時髦人物看來，頗為滑稽。

　　但我的朋友是個特立獨行的人物，在穿著打扮上絕對不隨流俗，當然也絕對不會在穿著打扮上用什麼心思。有一次在電視裏看見，他在中央電視臺的大演播廳裏晃了一下，腳上是一雙運動鞋，下半身是舊軍褲，上半身則是印著某電視劇組的Ｔ釁衫，當然，肩上永遠不變的軍挎依舊。只模糊的一眼，我就知道是他。我的朋友的衣著，就是如此的、永遠的不著調。雖然身上的衣物，單看起來件件價值不菲，但若依時尚眼光，卻是永遠地落伍，尤其那隻越來越刺眼的永不更改的軍挎。而他就這麼一路落伍下去，跨越數個時尚年代地落伍下去，在不知不覺中落伍成一個另類。

　　然而，落伍是什麼東東？時髦又是什麼東東？

　　懷舊風起之時，落伍到土得掉渣即成時髦。

個性是什麼東東？流行又是什麼東東？

當另類成為時尚而流行，淹沒在其中的個性又有多少貨真價實的自我意識？

我的朋友的自我意識就是在穿著打扮上永遠的無意識，他從來就不關心也不知道什麼是時髦，他只是覺得軍挎在肩非常地實用，而且非常地舒服。當然，我的朋友不普通，他是個人物，行走在最具時尚意識的演藝圈那一幫子可人兒裏，他是一個可以視時尚如糞土而縱橫其間的人物。但他是不是個人物並不重要，重要的是他甚至可以而且敢於把那隻永遠不變的 軍挎挎在肩上到歐美日本去晃一圈兒，這就已經讓他變成了一個人物，而在歐美日本的時尚 眼裏，他足夠時髦。

其實，所有的時髦都是追求個性的特立獨行者創造出來的。一隻早已落伍的軍挎，十幾二十年不變地一路挎下去，落伍到底，即是個性，即是另類，即成時髦。如果再過個幾十年，軍挎成了文物，就更加地時髦而且光彩照人炙手可熱。無論在東方還是西方，過去還是未來，我們大家都知道，收藏可是一種永恆不變的時尚啊。

軍帽

　　頭戴一頂草綠色的確良軍帽的青年，走在1976年的天空下，比今天穿著范思哲的服裝在都市中游走還要趾高氣昂。我之所以把軍帽和范思哲強拉在一起，是因為1976年的一頂軍帽和今天的范思哲服裝具有同樣的時尚意義；軍帽內裏蓋著的三角形紅戳和長條形編號，與今天的范思哲服裝那縫在袖口的「Versace」字樣，同樣是一種品牌標識。一頂真正的軍帽必須是在內裏蓋著三角形紅戳和長條形編號的那種，在1976年，它與一頂普通的黃帽子的區別，恰如今天的名牌與冒牌的區別，這牽扯到帽子下面的那顆腦袋的高低尊卑以及此人的出身、背景甚至品味格調（在當時，這個詞還沒有像今天這麼重要）。

　　軍帽是1976年的時尚──我的意思是，到了1976年，軍帽在青年的穿著打扮上，已經具有了真正的時尚意義。1968年，舊軍裝和武裝帶曾經為「革命」的青年所趨附，但那更多的是意識形態的意義──一種意識形態標識，與日常生活意義上的穿著時尚並不相同。但是軍帽在1976年的流行，並非意識形態的導引，而是──莫名其妙──時尚常常是莫名其妙的，總是到了流行開來之後，人們才會想到去找它的緣由。1976年的著裝時尚是以軍帽為標誌的，相伴隨的還有回力球鞋、馬褲和女性悄然翻出在單調的灰、黑、黃色之上的尖俏的花襯衣領。但軍帽無疑是1976年著裝時尚中最濃重的一抹色彩。

　　軍帽因其軍用品的物殊性，並不像今天的「Versace」，可以到任何一家專賣店裏隨便買到，所以一頂軍帽從一顆腦袋轉移到另一顆腦袋上，不可避免地就會有很多的故事發生。擅長表達的過來人，曾經寫過為數不少的關於軍帽的故事，最著名的當屬馬原先生的小說《軍帽》。馬原先生現在已經上了年紀，經歷過軍帽時尚的青年現在都慢慢地上了年紀，做為一個年代的流行物的軍帽，也漸漸地變成了歷史記憶，援此可以懷念曾經的青春歲月——感歎時光流轉，同時也難免會嘀咕：真是莫名其妙！

　　回憶起來，我曾經先後擁有過兩頂軍帽。第一頂是一同插隊的一位同學送的，這位同學的哥哥似乎是在部隊上的，但我至今都鬧不懂他為什麼要送我軍帽——我們並不是很要好的朋友。因為瘦小而且膽怯，這頂軍帽我很少戴出去，我很怕被更強壯的傢伙搶走——但最終還是沒有逃過這一劫。當時我正走在鄉間的公路上，看看前後都沒有人，我才小心翼翼地把它戴在頭上。一個16歲的青年也想找一找時尚的感覺啊。但是很不幸，一輛從身後開來的卡車上伸出的一隻手，順便就把它從我的頭上給刮走了。這使我懊惱不已，我發誓要以牙還牙。我的第二頂軍帽便是效法之所得，算是軍帽的報復，但我卻不敢把它堂皇地戴在頭上。

　　搬家的時候，從舊物中露出了一隻黃色的軍挎包，軍挎裏面竟然是我早已忘記的那頂軍帽。拍打了幾下，我把它戴在了頭上。有點緊，有點——不勝今夕之感。於是站到鏡前，樣子頗為滑稽——真有些不敢相信，這樣的一頂軍帽，竟是25年前的時尚？我想，當時尚成為記憶，軍帽也就只能是一幅陳年的時尚插圖了。

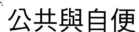

公共與自便

　　「找不到廁所就去麥當勞！」這是多年前北京老百姓的一句俏皮話。多年前，北京街頭巷尾的公共衛生間還沒有像現在這樣三百米一崗五百米一哨般方便地戳著，其實那時候衛生間不少，機關賓館飯店都少不了要給自己人留個出口，但公共的卻不多，不像麥當勞肯德基這樣肯給吃或者不吃的人都予以方便。據我一年多時間裏徒步北京大街小巷的經驗，內急的時候已經大可不必到處去找麥大叔或者肯爺爺了，麥叔與肯爺的店再多，也多不過公共衛生間去。一個城市能否讓人無後顧之憂地進入，關鍵在於給不給人留後路。

　　不過北京之外，不給人留後路的城市還真是不少。一個人行於街頭，突感內急，然而，極目處，商鋪林立，人頭攢動，望盡天涯路，無處可便便。這是我在某著名的省會兼旅遊城市某日下午的經歷。而該城市正在創建全國衛生城市，街頭也確呼是一片大好的衛生景象，隨處可見的標語「城市是我家，創衛靠大家」，我感覺似乎也暗含著這樣的意思：這麼乾淨漂亮的城市，大家都不要隨處便便啊。可是我找不到廁所，於是想到前面那句俏皮話兒，但那條街上卻並沒有麥叔與肯爺的店子，於是憤怒，於是愈加內急。大家應該都有類似的經驗，內急時最好是心平氣和、緩步徐行，這樣才能堅持得久些，而我已經憤怒，只好奮不顧身地闖入一家酒店，全不理會導座員的引導，直奔WC而去。

　　一個城市只顧張大了口袋引人引資，卻就是不想著給人留個後路，這樣的做法，很小農意識，很暴發戶做派，很初級階段。就像很多商場，自動扶梯只有上樓的，沒有下樓的，那意思就是既然放你進來，就必欲扒光你的口袋而後快。很像是《地道戰》裏民兵打鬼子的戰術：關起門來打狗，堵住籠子抓雞。商家為利，不擇手段，雖嫌野蠻，尚可理解，但一個城市不給活人留出口，就有點不夠人道，不夠厚道，所以也不讓人原諒了。

　　「城市是我家，創衛靠大家」，大家沒地兒便便，怎麼辦呢？古人尚明白「水火」不留情，但人在內急時，無處送「水火」，且如何？當然還有一句古話可以記取：活人不能讓尿憋死。此時無論這城市是你家還是我家，我也顧不得那麼多了。光鮮的城市，常見人遺屍，怪誰？有道是：拉不出屎來怪廁所，而這景象卻只能是到處遺屍怪沒有廁所。或者，確切地說，怪沒有公共廁所。「城市是我家，創衛靠大家」，可以要求本市居民都回家去便便，但入廁又是非常私密性的生理活動，總不能讓客人都去私闖民宅吧。顯然，這裏存在著秘密性與公共性的衝突，解決之道有二：一，城市管理者不能只是教育人民具有公共意識，愛護城市環境，管理者更加需要具有公共意識，以為人民服務精神多建公共衛生間，滿足人民群眾的生理功能需要；如此法實施尚有種種原因與未盡事宜暫時不能落實，也暫時不能以公共的方式解決秘密性需要，那麼，還有第二：私密性的需要要用私密性辦法解決，可以先行號召，凡出行之男女老幼均須自帶夜壺，內急之時可尋僻靜角落自便。

我的信息謬論

　　「資訊爆炸」的威脅開始於上世紀的八十年代，那時候我還是一個二十出頭的青年，種種關於「爆炸」的聳人聽聞的說詞令我恐懼：如果我不能趕在「爆炸」之前有點什麼作為，我的生活大概就會被「爆炸」給毀了——我是說我很害怕在小小年紀裏就被淘汰掉。

　　曾經，我著實被它嚇著了。那段時間裏，我的腦子裏常常在想像「爆炸」會是什麼樣子，會像原子彈爆炸那樣的在天空中升起一柱巨大的蘑菇雲嗎？之後會產生衝擊波和光幅射嗎？我像個受驚的小耗子一樣不安，機警而又緊張的捕捉著身邊所有的資訊，像個餓極了的饕餮之徒，我從來沒有過自己也許會被噎著的擔心，更加不會去想什麼資訊污染之類的問題。二十多年過去了，「資訊爆炸」這詞已經現在很少被提及，但爆炸肯定是在持續發生和進行當中的，這從網路、電視、報章雜誌以及各種通訊手段的發達就看得出來，只是人們已經習慣了冒著爆炸的炮火前進罷了。不過，我現在終於學會問這樣的問題了：我是不是有必要知道更多？

　　現在信息量最大的無疑首推互聯網，但我們常去的也許只是那麼幾個網頁；厚厚的一份報紙，我們常常讀的只是自己喜歡的一兩個版面；幾十個電視頻道，常看的也只是某幾個節目。現在我們終於知道，其實你不必知道的更多，太陽照樣會升起，生活照舊會進行。甚至，恰恰相反，倒是信息量較少的東西和我們的

生活關係最大。譬如菜市場，譬如超市，譬如報紙的副刊，譬如雜誌上的故事，譬如電視裏的連續劇。互聯網是年輕人密集的地方，但是他們在網上花費時間最大也是人數最眾之處卻是聊天和玩遊戲，對於眾多的上網者來說，互聯網就是指聊天室和網路遊戲。由此我有了一個資訊謬論：信息量越少的事情，越是能夠讓人沉溺，越是能讓人找到快樂，而且也越是能夠長期專注。

　　我不知道別人是怎麼想的，我的看法是過大的信息量會讓人變得驚恐不安，如果把資訊比做磁場，那麼磁量越大對人的生活的干擾和破壞也就越大，進而我會認為，信息量大小與人的心理疾患成正比。有一天我看到一個作家寫道：其實你不必知道太多，只要為現有的一切快樂地乾杯就足夠了。我一下子就把他引為了同道。我還想到羅蘭・巴特懷念戰前的巴黎時說的：夏天的傍晚，巴黎家家戶戶門前儘是乘涼的人，大家坐在那兒什麼也不幹。羅蘭・巴特感歎的是現在的人沒了巴黎人過去的那種閒情，我倒覺得，人們現在「閒」情太少，大約是被資訊爆炸的碎片誤傷之故。

用身體思考

　　1984年拍了《晚9朝5》的導演陳德森，2002監製了戴立忍導的《臺北晚9朝5》，同樣是一部描寫晚上9點出門，早上5點回家的一群年輕人如何揮霍青春的影片。電影並非以大膽的性愛為主題，而是以性來探討愛情，其中有想信真愛的純情處女，有沉淪性慾的髮型師，有化身網路天使嘗試各種性愛滋味的少女，有以愛護女孩為己任的女同性戀者……碟片的劇情介紹中有一句話倒是很有意思：「要多少性才有愛？要付出多少愛才得到性？」在青春期裏，人都要用下半身思考嗎？

　　青春期的男女，上半身和下半身同樣活躍，甚至，下半身屬害過上半身。國內前些年也有「下半身寫作」流行，「下半身」詩歌的宣言說得直接：男人亮出了自己的把柄，女人露出了自己的漏洞。人在用身體思考的年齡，誰要想攔都攔他們不住。但是事情似乎並不是這麼簡單，「下半身」問題也不限於青春期。以製造概念著稱的《新週刊》在2002年做過一個專題就叫做「下半身批判」，下半身的問題好像並不只是浪漫在青春期的人群裏面，涉及語言、制度、思想、商業、文學、藝術以及影視，問題是不是看起來有些嚴重？

　　《臺北晚9朝5》當然是逃不了「下半身電影」之嫌的，不過，它的主題來得嚴肅認真些罷了。在青春期裏，身體也許是他們唯一有效的武器，無論是攻擊還是防卸、試探或者退縮、張揚或者退避，身體似乎都會有應對的辦法，但是，身體會思考嗎？追

問下去問題就大了，涉及人性與道德以及制度。人類的靈與肉的問題，在禁慾的年代是上半身壓制下半身，在放縱的年代是下半身顛覆上半身，現在的情形是不是有點上半身和下半身談判的意思？如果我理解得不錯，這談判大約就是思考了，而人用身體思考，須得上下半身共同完成，或者說臻於上半身和下半身的協調。

如果說下半身是衝動的原始的力量，上半身則是理性的制衡的力量，我以前在談到「下半身寫作」的時候曾經說道：下半身的問題需要上半身來解決。現在我在《新週刊》上看到一個更形象的說法：上半身指點方向，下半身賣力狂奔，這有點像「人頭馬」威士忌品牌的圖示。《新週刊》無論做什麼話題，都能夠把時尚的因素引入進來說事兒，其實，上半身和下半身的問題，立在恒河邊上的獅身人面像就是一個古老的象徵。我想這大約就是用身體（不是某個半身）思考的完整意思了。

骷髏製造者

　　有一次，我把一位朋友的作品比喻為骷髏，相應的，我這位詩人朋友就成了一個骷髏製造者。他是一個癡情而又執著的詩人，花了將近十年的功夫，終於把詩寫得很像樣子了——豈止是很像樣子，簡直就是獨具一格，所以我會把他的作品比喻為骷髏，因為還沒有人把詩寫成他這個樣子。經過十年的砥礪，現在他技藝嫺熟，每天都可以製作出好幾首這樣的作品。也就是說，他現在不費吹灰之力，就可以製造出大批的骷髏了。然而，如此之多的骷髏，有什麼意義呢？以前我們沒見過骷髏，是他的骷髏改變了我們對骷髏這令人恐懼之物的態度：原來詩也可以是骷髏的樣子！但是，我以為這就已經足夠。接下來他應該造點別的什麼出來，譬如製作蝴蝶標本或者孩子們喜歡的公仔之類，但是他仍然不辭辛勞地製作著骷髏。

　　我想，這是一個關於骷髏製造者的寓言。

　　在我看來，這個寓言可以有以下的解讀。

　　如果他不是花了十年的功夫讓自己的技藝臻於成熟，而是用他的一生來製作一個骷髏，那麼他就是一個偉大的藝術家，他的精神就有點接近推巨石上山的西西弗斯了。一生，這是一個關於藝術的難度的問題。藝術是需要有難度的，太輕易或者太嫺熟，都會與藝術精神相悖。當然，還有藝術作品的唯一性，唯一的意思其實就是獨創和獨特。十年，當然也是一個與難度有關的尺度，十年也不算短了，問題在於他製作了太多的骷髏，對藝術

而言，一個，或者兩上，足夠了。而他製作了那麼多的骷髏，這就有點匪夷所思了。他技藝嫻熟，這當然不錯，但是他做得太多了，多得就像玩具店裏的公仔，因此他就已經從一個藝術家變成了一個匠人。

我們這裏的藝術家中，不乏十年面壁之人。勞其筋骨，餓其體膚，空乏其身，我們這裏，能夠耐得此苦的人不在少數。之後呢？他就成了一個著名的藝術家。十年的刻苦砥礪之後，著名之後，創造力就轉換成了一種技藝嫻熟的克隆的能力。在我們這裏，可以看到太多這樣的書法家、國畫家、詩人、小說家。他們的創造力只在存於「著名」之前，「著名」之後，就只剩下了不斷地製作骷髏的能力。

然而，製作如此之多的骷髏，和藝術有什麼關係呢？想想壞小子杜桑吧，他就不會這樣，他在給達・芬奇的《蒙娜麗莎》添了兩撇鬍子、接著又把小便池命名為《泉》送到藝術博覽會上之後，轉身就去下棋了。杜桑沒覺得行壞小子之事是什麼可以「著名」並長期謀生的一個職業、一個飯碗，杜桑在「著名」之後，覺得下棋其實也相當不錯。這就是他和骷髏製造者不同的地方。

商場裏的女人

　　婦女進入商場，猶如兒童進入玩具店。單位遷入鬧市區的寫字樓，女人們興奮得彷彿是在過節——大約是情人節，在她們的想像裏，那些精緻華美的物品，立即就會受人差遣，爭先恐後地前來報到。女人們以為從此入住了快樂公園：每天中午都可以逛街，而到了下午下班以後，則可以盡情地駐足留連了。如果用閱讀來比喻，那麼中午只是流覽目錄，而到了下午下班以後，才會進入全神貫注的細讀。讀出一個全新的自我來也未必不能，畢竟，商場是女人一生的學校啊，在這裏她們可以把審美和自戀調製到最佳的融合狀態。女人在商場裏的觀望、撫摸、試用、品評，以及難以自禁的喜悅，使她們的心肌和面肌在充滿競爭壓力的職場之外，及時有效地獲得了補嘗性的鬆馳，進而帶來意想不到的美容效果。經驗證明，一個對商場敬而遠之甚至望而生畏的女人，常常會多出兩道縐紋並三隻雀斑。當然，例外的情形自有例外的原因，不過那已經和商場裏的女人無關。

　　雖然女人們頻繁地出入商場，但她們的花費也許並不比男人更多。兩者的差別在於男人只是把商場視為購物場所，他們總是直奔目標，功成而返；而女人卻把商場當成了公園、當成了學習時尚的學校、當成心理烏托邦臨時的真實現場，她們為遊戲而來，為修習而來，為一睹美夢中的海市蜃樓而來，購買對她們來說更多的只是一種順帶行為。如果僅就男女與商場的關係而言，男人更多地表現出了他的惡俗的佔有慾望，而女人則以其審美姿

態昇華了商場，使商場從其物性本質裏意外地流逸出芬芳的精神氣氛。所以女人常常並不如人們所揣度的那樣，是帶著一個日常性的實用目的進入商場的；女人目光迷離而來，她帶著一個朦朧的美夢，尋找可以定格的實景，接下來她還將加入同樣是懷著美夢而來的彩排者的行列；商場裏的巡遊實際上是女人無須申請的天賜權利，以此向居室內和寫字間裏的自己示威，短暫的勝利並不在物質一邊，它屬於日常生活的美學。

商場裏的女人長期以來就和商場構成了這樣一種共謀關係，商人借此獲得並與女人們共用繁榮所帶來的心理滿足，他們加倍地精心於商場的內景製造：華美的燈飾、人性化的設計、舒適自由的購物環境、親切生動的活體衣偶、典雅高貴的文化品味等等，商人比舞臺美工還要精心，因為他對上場的演員毫無把握，他得依賴內景的製造來引導演員們進入角色。而女人也決不會讓她的共謀者失望，無須導演提示，她們從踏入商場的那一刻開始，就把她們的聰穎美麗以及細微的嬌嗔全都交了出去。和舞臺上不同，商場裏的女人是在演自己，她們的身份、修養、氣度、性情、心緒，都在與物質的對峙、交流、妥協中得到了確認。一個有心的男人，只有到了商場裏才能把自己周圍的女人看得更清。自從單位遷入鬧市區以後，我對單位裏的女人們便有了一個全新認識，可稱刮目相看。同時我也更多地看到了女人人性中脆弱的部分：女人與商場堪稱美好的共謀關係，最終還是要被精明的商人所利用。因為，單位裏的女人們漸漸地開始抱怨錢少了，不似以前，單位只在寂寞深巷……不過，單位裏的女人個個變得比以前更美了也是同事們的眼球事實。

第四輯

他者

沉默者

　　那些善於言說的人說：這是一個眾聲喧嘩的時代。別管是讀沒讀懂福柯，甚至從來沒聽說過福柯其人的，現在似乎都深知話語和權力之間的關係。話語即權力。所以從來沒有像今天這樣，讓我們看到如此之多的能言善辯者，那最會說話並且聲音最大的人，必是生活中的強者。善言成為生存的能力，是這個時代的標誌性特徵之一。別管狗嘴裏吐出的是象牙還是粘痰，雄辯勝於事實，說，是重要的。說得巧妙、說得動聽入耳、說得到位、說得恰到好處、說得入木三分、說得出奇制勝、說得天花亂墜，當然更好；如果不能，那麼，只要你在不停地說，機遇總是有的，勝利總會來的。

　　但我更願意做一個沉默者。

　　如果無法說得出色，保持沉默總是做得到的。多年以前，臺灣的龍應台還在感歎「中國人，你不什麼不說話？」那本書在大陸曾經風行一時。但是今天，如果龍女士到大陸來走一走，大概又會感歎「中國人，你為什麼這麼饒舌」了。大約是與龍應台風行的同時，作家劉心武有一篇小說叫做《白牙》，故事已經全然忘記，大意是寫一個發誓不再說話的人，到後來終於按捺不住，說了一句「你的牙可真白呀！」紅口白牙，重要的功能之一就是說話。所以一個人即便是發誓賭咒保持沉默，卻也總有開口的時候，可見沉默也不容易。這是人性的弱點。人有許多難以克服的

弱點，譬如看到別人生著一口白牙就會發出感歎。儘管如此，但我還是願意做一個沉默者。

做一個沉默者有許多好處，不說話可以少犯錯，可以避免說不好時成為別人的笑柄，譬如一位從印度訪學回來的詩人，模仿宗教誡條寫了一首詩，拿到一個沙龍去朗誦，剛念了一句「不要在曠野裏撒尿」，底下馬上就有人嘲笑說「你想憋死呀！」古訓把這叫做言多必失。當然，這還不是最重要的，因為在這個眾聲喧嘩的年代裏，沉默者其實微不足道。我說的重要的部分來自沉默的反面，即聒噪。最典型的例子就是電視娛樂節目的主持人，因為沒有人可以和他（她）搶辯，而職業又要求他（她）不能冷場，所以就得不停地說，廢話連連，無聊至極；而更其聒耳的卻是在他（她）的影響下所造就的電視機前的仿效者，我一聽到他們作秀的聲音，不僅僅是腦仁疼，捎帶著連腸肚子都要發嘔。

我是寧願做一個啞巴，也不想讓人發嘔。

當然，我的這種固執可以被理解成是我為自己的笨嘴拙舌自辯，也可以理解成對別人的嫉妒，因為在今天這個年代，不善說話是一種處境不佳的生存狀態。舉一個最實際的例子，就是不善說話不容易找到工作（說都說不好怎麼能做得好），當然也不大容易被上級賞識（幹得好不如說得好）；大家肯定都看出來了，這是一個怪圈，但大家還是願意在這個磨道裏做一個驢子。推廣到日常生活，不善說話者甚至連找對象都難了，談戀愛總是以談為先導的，談且不能，何言戀愛呢？而做一個沉默者，他每天都要生存在這種不佳的狀態之中，甚至永無出頭之日。按照理論家的說法，這就是「弱勢群體」，正與「話語」所形成的「權力」相對。但我仍然願意做一個沉默者。

　　當然，沉默者之所以沉默的原因各異，不會說、不善說、不便說、不能說等等，還有一種就是不願意說。我的想法就是從眾聲喧嘩中悄然抽身而去，我當然不是要去過那種沒有語言的生活，我只是不願意讓生活淹沒在語言的泡沫之中。做一個沉默者，但這並不妨礙我在必要的時刻說上那麼一句「你的牙真白呀！」或者「你的舌頭真讓人噁心！」

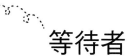

等待者

　　那些在某一種處境中長久地徘徊、踟躕、張望的人，通常被叫做等待者。在最淺表的意義上，等待被理解成為一種極為被動的人生姿態，絕望而又無奈的情人和奄奄一息的垂暮者，是這種被動姿態的絕好例證；當然，還包括那些站在商場門口一根接一根地抽煙的等待妻子的丈夫們，他們的心情也好不了多少。想像力貧弱的刻板的心理學學者認為，等待特別容易引起不良的情緒反應，焦灼不安、煩躁易怒、哀怨、悲觀，乃至無聊，都是噬咬等待者神經的柔軟的牙齒，它並不引起劇烈的疼痛，但卻讓等待者心癢難耐，所以等待又是對耐心與意志的消磨——當然，說是考驗也未嘗不可。

　　悲觀主義者認為，人類在大多數時候，並不是處在奮鬥與進取的努力之中，而常常就只是在等待。存在就是被選擇，是這種哲學的代表性觀點。但是一個篤信強力意志的人卻不會這樣認為，在等待者中間，他是那最積極的一個。

　　根據我的觀察，人生的等待狀態，更多的發生在一些至關重要的甚至是致命的「關口」，而等待者，就是那些已經站到了這些「關口」前面卻尚未得其門而入的「門外漢」。等待是關鍵的，所以等待發生的時候，常常就是等待者生命中的關鍵時刻。站在醫院裏的產房門口，於奇特的蕭穆安靜中，我們甚至聽得到等待者不安的喘息中帶出的心跳，這是一個等待生命的人，只有裏面傳來的一聲誕生的哭聲，才能按住他狂跳的心；在公園的入

口附近，一個東張西望的人，不時地看著腕上的錶，他的熱眼中充滿了期待，這通常是一個等待愛情的人，他的不安更甚，因為他對被等待者是否會帶來自己期盼的愛情沒有絲毫的把握；只有在地獄的門檻外面，那個等待死神的人對未來確信無疑，但他也難以克服無聊，難以避免不耐煩。 類似的情形還有許多，譬如在大使館門前等待簽證者，譬如在過境處等待檢驗護照者，譬如在地鐵站口突然失去了方向的人……等待發生的時候，生命同時也在經受考驗，所以但丁會在《神曲》裏寫下「在這裏必需根絕一切猶豫，在這裏，任何怯懦都無濟於事」。但丁是一個以畢生穿越多重門徑然後不斷被提升的人，即便是在俾德麗采的引領下，他也得反覆地扮演等待者的角色。

在但丁看來，等待並非被動。其實，對於所有的存在者，等待都應該被理解成為一種積極的姿態。表面看來，等待者似乎處在一種極為被動的狀態，但這實在是懶於思考者的誤解。更本質地說，等待狀態其實正是積極主動的結果，他只是因為過於積極主動而提前出發了，真正的等待者正是那些提前出發的人。對於這樣的等待者，我的理解是：由於企盼的心情過於急切，你到得太早啦！當然，你也可以到得恰如其時，不必忍受等待的煎熬。一個精於算計的人在這裏也會有一點點用武之地，遺憾的是世界卻常常並不接受你的預算，所以那些積極主動的人反倒成了看似被動的等待者。但一個等待者也可以心平氣和坦然應對。我就曾經聽到一位等待朋友的人這樣說過：「遠方的朋友／如果有一天你突然推門進來／說我是某某／我也只好說我是于堅。」

缺席者

缺席者就是那個不在現場的人。如果一群喜歡說是道非的饒舌者相聚,缺席者理所當然地就成了眾矢之的,所有的詆毀、中傷、誹謗全都是衝著他來的,除了蒙受冤枉之外,別無它獲。缺席審判就是專為了把一個人送上不歸路而設計的一種遊戲方式,缺席者得承擔所有的罪責並將永遠缺席。接下來,在場者就可以瓜分快樂的晚餐了。你少分一份,別人還多得一點呢。

在物質饋乏的年代裏,人們希望缺席者越多越好。

以前在單位裏遇到評職稱、加工資這樣的事情,平日裏相安無事的同事們,沉默地坐在一起,你看看我,我看看你,或者互相之間誰也不看誰,從開始直到結束,僵持的氣氛中暗含著殺機,而那個因為憋不住在中間起身去了廁所的人,當他回來的時候,已經散會了。結果可想可知,因為他短暫的缺席,失掉了自己份內的東西。類似的情形也可能發生在家庭內部,甚至夫妻之間,一個長期在外的妻子,當她歸來的時候,發現丈夫已經有了新歡,正像一則西方古訓所說:一個不在身邊的女人是一個死去的女人。當然,相反的情形也是一樣。

缺席者所有的失落與失敗都是由於不在場。這樣的教訓非常之多,所以很多人都懂得那怕是死乞白懶也要挺到最後的道理,誰笑到最後,誰就笑得最好。在眼球經濟即注意力經濟時代,誰要是一不留神成了一個缺席者,那就意味著已經慘敗無疑。而在文化藝術這等名利場中,情形尤其如此,成就大小並不重要,重

要的是必須時刻在場，甭管有戲沒戲，混個臉兒熟就是成功，在我們這樣一個量的社會裏，一個混混兒的邏輯就是永遠不做缺席者。不做缺席者，最終都可以混出明堂，即便混不成名符其實的大師，最起碼可以混成名流，再不濟也是著名的混混兒。這都是不做缺席者的好處。

不過，也有人不這麼想，那些勘破了此中奧義的人，瀟灑地抽身而去，主動地做了缺席者。譬如杜尚，他在把小便池弄到藝術博覽會上之後，轉身離場，回家下棋去了。又譬如美國作家塞林格，他在寫出了驚世之作《麥田裏的守望者》之後，在聲譽日隆之時，消失得無影無蹤，聽說他在美國西部的山區住了下來，過著非常簡樸的生活。這兩個缺席者都是文學藝術行當裏的人，他們的主動缺席，似乎是對這個行當的惡俗之風的一個諷刺。而在我們的文化裏，這樣的人非常鮮見，李叔同也許算得上一個，他後來到山裏做了和尚。我們的文化只生產隱居者——那是些以隱以求大顯的人、以不在場的假像謀求無處不在的老謀深算的傢伙。而真正的缺席者，我們根本不知道他的名字；而一個缺席者的快樂，也是我們所不知道的。

但是有一點我們不應忘記，一個主動的缺席者一定是對現場有了看法。厭倦、仇恨、恐懼或者不屑，總之，他不想再玩下去了。也許，一個逃離現場之後隱姓埋名永不出手的刺客，能讓我們多多少少地瞭解到缺席者曲折隱密的心理動機，不過，他仍然逃脫不掉被缺席審判的命運。

嘯聚者

聊天就像我們每天的散步或者飯後的一杯清茶，清淡、隨意、無所期待卻又包含著生活的況味，我們生命中許多微妙的轉換與轉折，常常就是在不經意的聊天中發生的。在緊張的生存樂章中，聊天就像休止符一樣適時地緩解並潤滑著我們的嗓子，換一口氣就意味著換上了一種飽滿的步伐。聊天是清茶，是散步，所以我們即便是在緊張忙碌中，卻也總會不適時機找人聊上那麼一會兒。

如果一個人很久沒有同朋友聊天，他在內心裏就會把錯失的聊天的時間攢起來，他說：找個時間，我們好好聊聊啊。這就像一個食肉者吃了多日的素食，內心裏會有一種得一日必欲大塊剁頤的願望，相應地，對於聊天，他也會饕餮起來。

元宵節那天晚上，我終於閒下來了。下午下班很早，離晚飯還有一段時間，長時間的忙碌告一段落，走在回家的路上，突然覺得空落落的，似乎有什麼事情需要安頓。踏進家門時才想起來，已經很久沒有和朋友聊天了。記得前一段曾經反覆許諾：找個時間，我們好好聊聊啊。現在我有了整整一個晚上的時間，可以把聊天放進嘴裏大嚼。

於是約了朋友在一家酒館見面。

但是當我趕到的時候，朋友又約了另一個也是很久沒有見面的朋友。正商議去何處坐坐的時候，後到的朋友說，不如去另一個朋友的酒吧。與開酒吧的朋友，也是很久沒有在一起聊了。而

且，去朋友的酒吧，可以暗無天日地聊下去。可見，三個人都是聊天的饕餮之徒。於是齊集在朋友的酒吧。

接下來的問題是，聊天的性質已經發生了微妙的變化，因為我們提到了另外幾個共同的朋友。好啊，有整整一個晚上可以聊呢，不如全都約出來一塊坐坐。接下來當然是無休止的電話和電話之後的熱切的等待，以及朋友們陸續到來後的握手、問候、碰杯……一位，兩位，三位……一共八個，等大家終於圍著桌子四面坐定的時候，已經是深夜了。而另外的一位尚在家中猶豫，他說等寫完手頭的一篇稿子，會馬上趕來。整整一個晚上，從一個到八個，從本來的散步和清茶到觥籌交錯的大宴，原本意義上兩三好友的聊天已經轉換成了嘯聚。

嘯聚可以獲得一種置身人群中的依存感和溫暖情調，嘯聚能夠克服孤獨恐懼症，但是嘯聚並不能安頓心靈，它只是讓肉體暫時找到一個放置的地方。在這個城市的每一個夜晚，都會有無以計數的這樣的嘯聚。不是嘯聚山林，而是嘯聚在酒吧、飯館、茶秀、咖啡屋。嘯聚者們並不準備幹什麼，只是在某種需求慣性的導引下異常散漫地集合到了一起，幾乎所有的在場者都顯得興致勃勃，即興的快樂被迅速放大，他們甚至都要忘了自己是幹什麼的了。他們不知道嘯聚因何而起，當然更無暇自問為何而來，他們只是覺得來了就好。嘯聚是一種下意識的令人沉溺的匯合，而嘯聚者們也只是下意識地抄襲了曾經讀過的某一本書，或者曾經看過的某一部電影中的感人場景，人數聚齊的時候就到了嘯聚的高潮部分。這是盲目的身體對城市夜晚的一次自慰性行為，接下來幹什麼呢？

我們的第九位朋友終於在午夜一點姍姍而來。人已經聚齊，而一個晚上也已經過去，接下來我們幹什麼呢？一時間大家都盲

然起來，面面相覷。而我突然感到厭倦。我想起美國詩人默溫的《挖掘者》中的詩句：「如果一個男人帶著鐵鍬順小路走來／如果兩個男人／帶著鐵鍬順小路走來／如果八個男人／帶著鐵鍬順小路走來／如果十八個男人帶著鐵鍬順小路走來／我想躲藏起來……」嘯聚已經僭奪了聊天，我頓感厭倦至極。於是，我說，我們散了吧。而這個晚上，我和我的朋友，幾乎什麼也沒聊。沒聊的意思就是——無聊，這就是都市夜晚的嘯聚和嘯聚者們的真實面貌。

說謊者

　　人們有一千個理由反對說謊，但是說謊者只需要一個理由就足夠了。所以流氓政治家戈培爾的名言「謊言重複一千遍就變成了真理」，一直被人們自覺或不自覺地在生活中貫徹著，以至於我們很難對謊言加以辯別，以至於一個經驗老道的說謊者振振有詞地宣諭著什麼的時候，我們會以為他在佈道——因為他的聲音沒有絲毫的顫抖，當然更加不會因為說謊而害羞得臉紅。即使有時候我們會有一些懷疑，但是很快，我們便非常寬厚的給予理解：「也許，他只是辭不達意而已；或者，他是太過於沉湎於修辭了。」

　　儘管善意和寬容常常會令我們對說謊者做出非常大度的樣子，但是我們內心裏仍然對謊言充滿了厭惡。「說謊不是好孩子。」這就是我們的道德尺度。然而，道德尺度只在道德的範圍內有效，道德之外，說謊就不簡單的只是惡德，那簡直就是一宗罪惡。但問題的難度並不在說謊是否惡德，最難的在於我們根本就不知道一個人是否在說謊，或者說，我們很難知道到底誰是那說謊者。若更進一步追問，你、我、他、她，我們每一個人，誰又是從來都沒有說過謊的人呢？

　　我們都是曾經說過謊的，我們都是說謊者。我們因此設身處地以己度人，從而對說謊者給予足夠的寬容，謊言也相應被放縱，以至層出不窮，但我們仍然厭惡謊言。我們每個人都脫不了說謊者的干係卻還要從謊言中解脫出來，兩難之間，我們只好去

追問動機：善意？惡意？或者，不經意？我們把對病人隱瞞病情稱之為善意的謊言，而把誹謗稱為惡意的謊言，這都是道德判斷的結果。那麼，不經意的謊言呢？屬惡抑或屬善？在動機論失效的時候，我們也許只能去追問結果。然而結果常常只在處境當中，而在事後的追問，越追越問倒越成了一筆糊塗帳，我們只好再度寬容：誰沒有說過謊呢？

而在處境之中，囿於不同的立場與角度，也許每個人說出的都是謊言，對天發誓也不管用，世道人心也不能評判，也許絕對的真實只在上帝那裏；但是到底有沒有上帝，或者上帝當時是否在另外的地方度假，我們並不知道。由是，產生了一種真實的謊言。

我在網上看到一篇與我有關的文章，是我認識的一位寫點詩的小朋友寫的。說是某年某月的某一天，他和另一位也寫點詩的同學到雜誌社來找我，原本想聽我談談詩歌什麼的，然而我卻與他那位同伴談了很長時間拉廣告的事兒，於是他對我非常失望。實際的情形是，他們找我是想在雜誌社找點兼職的活兒幹幹，因為我正好在主持這家雜誌的編務，他們以詩的名義找到我，想弄點勤工儉學的事兒做。我對他們的精神大加讚賞，但我給不了他們編輯的活兒，只好勸他們兼職拉拉廣告，這樣既不耽擱學業，而且一筆業務就可以解決他們一個學期的費用。我這樣做已經越權，因為廣告的事兒並不歸我管，但我感動於他們的精神，想做一點順水推舟的「好事」。這位小朋友現在在文章中說，我給詩歌小朋友談拉廣告的事兒是詩人的一種墮落，於是對我非常失望。對於類似這樣的真實的謊言，我們還有必要追問嗎？這既不能說是惡意的誹謗，當然也談不上善意的提醒，如何評判？恐怕只能猶風過耳，一笑了之。

如果不能一笑了之，而是需要再笑，三笑，那這真實的謊言就已經足夠大了。足夠大的真實的謊言已經算是一種創作，我們通常更願意把它叫做虛構。虛構是文學藝術創作尤其是小說創作的需要——在現實不能滿足我們的時候，我們就容易逃入想像，進入虛構，而虛構的起點，我以為就是生活中的真實的謊言。如此看來，謊言（真實的謊言）於人類是大有用處且大有益於人類的一種語言活動，而真實的謊言一旦達到了文學藝術的境地，真還不能一笑了之。

《皇帝的新裝》做為創作，是一個最為典型的不能一笑了之的真實的謊言。安徒生這個了不起的說謊者，讓我們內心裏充滿了敬意。更有意思的是，這恰好又是一篇關於說謊者的故事。眾人由於畏懼權力趨炎附勢而說謊，皇帝由於對謊言的聽信而裸奔，一出可笑的活劇活畫出了專制時代的真實。但是那個孩子的心靈並未進入專制秩序，那個不說謊的孩子，他說「皇帝什麼也沒穿」，於是，說謊者一下子就都露了餡兒。

窺視者

在日常生活中，一個鬼鬼崇崇探頭探腦東張西望的傢伙，通常被我們稱為窺視者。在人類的道德訓戒中，窺視行為是一種討厭的令人鄙夷的古老罪惡，在許多古老的法律和宗教經典中，相應的懲罰便是窺視者應該被挖去雙眼。然而，人類生活中的窺視行為卻並不因此就有所消減，恰恰相反，它愈演愈烈並且假現代技術之力變得更加隱密難測了。在電影《偷窺》中，由威廉寶雲飾演的大廈業主即是一位天生的窺視狂，他在大廈的每一間房子裏都安裝了隱形攝像鏡頭，把住戶們隱密的私人生活做為自己尋歡的材料，他已經深陷在窺視的本能中不能自拔。

實際上，窺視是人類最熱烈也最難以滿足的慾望之一，是人性中的一種古老本能。人人都曾經歷過成長過程中對神秘的異性的好奇，而那大膽者窺視異性的「罪惡行徑」，會遭到同伴的嘲笑甚至詛咒，然而那嘲笑與詛咒卻常常帶著一種邪惡的快意，其實，這快意與被嘲笑被詛咒對象的窺視行徑有著同謀的意味。在某種意義上，人人都是窺視者。窺視的本能源於人類好奇的天性。好奇是人類認識世界的一種內驅力——然而，這種好奇之心並不必然地指向認識的有用性，很多時候，僅僅是好奇心的滿足，就可以令人歡天喜地，譬如《偷窺》中由威廉寶雲飾演的業主。但是，人類的好奇心又是雙刃的，好奇一旦指向他人的隱私，好奇心就變成了一種令人討厭的品質；這時候，為使好奇心得到滿足而採取的行為也就相應地變成了窺視。當人被窺視的激

情燒灼，他將越過道德的界限，煥發出邪惡而又燦爛的創造力量。許多了不起的發明，譬如望遠鏡、顯微鏡、夜視儀、隱形攝像機以及更多的鮮為人知的觀察設備，某種程度上都與人類的窺視本能有關。

　　窺視的過程即是去蔽的過程，隱私經由窺視而暴露、甚至公開，被窺者於是陷入尷尬無助之境，就如同自己的全部生活被現場直播。然而，個體人的正常生活在本質上是需要隱私存在的，所以躲避、反抗和反對窺視一直伴隨著人類的生活歷史。一方面是人的強烈的窺視本能，另一方面是對窺視的躲避、反抗和反對，人類在與自己的窺視本能的鬥爭中，製造了許多規則，從約定俗成的道德原則到嚴格界定的法律條文，在窺視與反窺視之間艱難地尋找著恰當的制衡力量。然而，就是這種這脆弱的制衡力量，也只是在針對純個體窺視者時有效，而且並不足以對抗人類強烈的窺視本能。而窺視一旦獲得了某種強有力的理由作為依仗，窺視者就變得肆無忌憚了。

　　一個偵探儘管也鬼鬼祟祟探頭探腦，但他並不像通常的窺視者那樣心虛，做為職業窺視者，即使是看到了不該他看的，他的內心裏也不會有任何罪惡感產生，不會感到不安，不會心緒不寧，不會慌慌張張，不過好在他的職業不允許他把看到的東西張揚開來；但同樣是職業窺視者，小報記者就完全不同了，「狗仔隊」依仗其職業優勢堂而皇之地四處打探，並為窺視結果能夠四處傳播而歡天喜地。作為職業窺視者，偵探和記者得天獨厚，職業外衣使他們可以滿足窺視欲而又不必承受道德指責，一種討厭的令人鄙夷的古老罪惡，在偵探和記者這裏變成了一種可以毫不臉紅的謀生方式。滿足窺視慾望、出賣他人隱私、同時大賺其錢而且毫不愧怍，這樣的職業真是妙不可言。

　　然而，偵探和記者還不是最肆無忌憚的窺視者，他們還會受到職業本身所帶來的不安全因素的威脅，他們得小心地侍弄自己的職業才行，否則，也將引火焚身，這並非危言聳聽之詞。最肆無忌憚的窺視者，其實是那些在國家利益的名義下所進行的勾當。譬如「蓋世太保」，譬如「契卡」，譬如聯邦調查局，做為窺視者，他們沒有道德訓戒的心理障礙，也可以忽視或者越過法律條文的限制，在國家機器和尖端技術強有力的支援下，把窺視發揮得淋漓盡致以至達到無以復加的程度。在美國電影《全民公敵》中，國家安全局政客雷諾德以國家的名義所完成的罪惡並不簡單的只是一種犯罪，其本質是向以隱私的存在為前提的人類正常的生活挑戰。如果窺視無時無處不在，人類內心的防禦也將無微不至，結果便是相互的敵視與毫不信任愈益加深以至瘋狂到人人自危，一個變態的社會由是產生，這便是瘋狂的代價。「文革」即是例證。

　　不管是以國家的名義還是別的什麼堂皇的名義，如果人類生活的隱私權被取消，人的心理底線被突破，崩潰的不僅是被窺視者，連窺視者本人也將無法承受。在電影《偷窺》中，無意間闖入偷窺者威廉寶雲內室的薩朗斯通，由初次體驗偷窺的興奮到最後槍毀電視窺視系統，其中艱難的內心掙扎，其實就是人類在窺視本能與被窺視的痛苦之間的掙扎。與電影《偷窺》情景類似的還有約翰‧契佛的小說《一台宏大的收音機》，那台奇怪的收音機竟然能夠收聽到整幢大樓裏每一家庭的聲音，吉姆和愛琳夫婦藉此窺得鄰人們家家皆不如意的生活，他們因此而知足向善了；同樣的意思，在《偷窺》中，則是對被繼父騷擾的無助女孩的幫助。然而，儘管如此，善也不能成為窺視的理由，由薩朗斯通飾演的女主角嘉麗內心的掙扎還在於「人是否可以假善的名義而行

窺視之惡？」《全民公敵》中國家安全局政客雷諾德也有類似的理由可以拿得出手，並且以此理由殺掉了反對他的議員。

　　然而，更本質的問題還在於，窺視之惡其實是深藏在人類內心裏的罪惡，相應的，人在窺視本能中的掙扎亦是一種人類性的掙扎；而窺視者，那個鬼鬼祟祟探頭探腦的傢伙，現在就藏在我們每個人的身上，而我們對此能說些什麼？我們能說的也許只是：「但是，人們啊，你們要警惕啊！」

反叛者

　　那些率先衝破某種固有秩序另闢蹊徑的傢伙，我們稱之為反叛者。在藝術領域裏，這樣的例子可以隨手拈來。譬如杜尚，這個頑皮的傢伙，惡作劇般地給《蒙娜麗莎》添上了兩撇鬍子，隨後又把小便池命名為《泉》，並且送到藝術博覽會上去展出。「達達」了一下，而且「主義」？但是當達達主義風行的時候，他卻轉身去下棋了，杜尚再一次成了一個反叛者。

　　通常，我們把給《蒙娜麗莎》添上鬍子的做法稱之為胡鬧，而杜尚顯然也把小便池送錯了地方。——這當然是些非常愚蠢的想法。

　　但是，如果杜尚當初不是把他名之為《泉》的小便池送到了藝術博覽會，而是送到了建材博覽會上，結果又會怎樣呢？我想，最好的結局也就是讓大家知道有了一種新牌子的小便池而已。如果這樣，那麼杜尚和他的《泉》則早就被小便淹沒了。不幸的是，他冒著風險把它送到了藝術博覽會上，反叛者的反叛緣此而生。

　　反叛者，在相當程度上就是這樣的一些冒險家，是一些行為出格的傢伙，他把我們的目光引入歧途——好聽的說法是另闢蹊徑。杜尚把小便池送到了藝術博覽會上，這意味著《泉》被納入了一種秩序——藝術的秩序，這和送到建材博覽會大相徑庭，如果送到時裝博覽會呢，那就顯得不倫不類而至於荒唐了。我的意

思是，小便池從建材的秩序進入了藝術的秩序，從而完成了對固有的藝術秩序的反叛。這一點，作為反叛者的杜尚非常清楚。

卡謬寫道：「反叛的行動同時建立在以下兩種基礎上：斷然拒絕被認為是無法容忍的僭越和模糊地確信某種正當權利。」杜尚的反叛當然是發生在藝術之內的。「對那些向著上天衝擊的詩人們，我們可以說他們在想推翻一切的同時，表現出了對秩序的難捨難分的留戀。」這實際就是反叛的本質。所以杜尚既不會把小便池送到建材博覽會上去出醜，更不會把它送到時裝博覽會上去胡鬧。

然而，胡鬧的事情是經常發生的，而且常常是假反叛的名義行事。譬如幾個滿嘴髒話的輟學女生穿著暴露的奇裝異服去弄搖滾樂卻全不知音樂為何物，以為這就是偉大的藝術反叛了；當然她們的行為是一種廣義的反叛，然後她們忿忿於心的卻是藉此進入音樂秩序，進而出名得利。但她們肯定是弄錯了地方，類似於把小便池送到時裝博覽會上，當然也搞錯了時間，因為我們的時代還沒有發展到穿著小便池上街的地步。可笑的還有人在不遺餘力地進行包裝，就像把一塊充滿泥污的爛磚頭處心積慮地安置在鋪著錦緞的檀香木盒子裏面，所以看起來還滿像那麼回事。我們今天的藝術以及出版物中，就充斥著類似的東西；在這個泥沙俱下的年代，真正的反叛者卻陷於被淹沒的境地，我們再也找不到他了。

以反叛者的姿態，謀求反叛所可能「斬獲」的巨大利益，這正是今天的大多數「反叛者」們的心機，這從他們對固有的秩序甩著媚眼的覬覦的目光裏很容易看得出來。實際上，他們並不是真正的反叛者，甚至連冒險家也算不上（因為反叛的姿態已經成

了一種時髦），充其量不過是一些可疑的投機家。所以，他們永遠不可能像杜尚那樣在達達主義最風行的時候回家去下棋。

旁觀者

　　我聽倡導「知識份子寫作」的人說，在今天，一個獨立知識份子最迷人的姿態，就是努力地做一個旁觀者。在這裏，在開始的地方，對這種極具魅惑力的說法，我沒有異議，當然，我也並不表示認同，我只是對旁觀者的處境懷有興趣。

　　旁觀者。這三個漢字首先讓我想到的是劇場，確切地說是劇場裏黑鴉鴉的人頭，沒錯，相對於舞臺上正在上演的劇目，觀眾正是一群刻意的旁觀者。如果舞臺上恰好上演的是中國傳統戲曲，那麼觀眾作為旁觀者的處境就會被一再地強調。中國傳統戲曲的程式化的表演，始終有一種潛臺詞在提醒觀眾：你是在看戲。那意思是說，你不必參與進來，你只是一個旁觀者。德國劇作家布萊希特，正是從中國傳統戲曲中發現了「間離效果」。「間離效果」使戲劇作為一種自足的表演存在，而觀眾的任務只是看，冷靜地、客觀地、平和地、理智地欣賞或者研究，甚至更極端地，只是到劇場裏來體驗一下旁觀者身份的種種好處。所以我常常會隱約地感覺到，中國傳統戲曲（乃至中國傳統文化）是專門培養旁觀者（看客）的群眾夜校。坐在劇場裏觀看中國傳統戲曲，很容易體會到「事不關己，高高掛起」的「醬缸文化」的精髓。

　　我同時想到的還有法庭上的書記員。在庭審現場，書記員可能是最具有旁觀者特徵的一個角色。犯罪嫌疑人、原告、被告、法官、律師、證人、陪審團、法警，乃至旁聽席上的觀者，都和

案件本身有著千絲萬縷的聯繫，只有書記員看起來像一個局外人，一個旁觀者。對於事件本身，旁觀者的存在其實可有可無，所以書記員的工作很大程度上可以被答錄機取代。這樣以來，我們就會知道，旁觀者其實是微不足道的，那麼，一個所謂的獨立知識份子，他作為旁觀者的存在就顯得非常多餘。當然，社會歷史需要有自己的書記員，以備後人去研究或者結算。記不清是馬克思還是列寧說過，作家就是一個時代的書記員。我想，偉人只所以會想到這樣一個比喻，實在是因為人類還沒有造出一台無比宏大的答錄機來為社會歷史作審庭記錄，只好請巴爾扎克、托爾斯泰這樣的文字巨匠來擔當此任。但是，這樣一來，他們旁觀者的身份立即就受到了懷疑。巴爾扎克因為忙於還債已經忘掉了自己應該是一個不事褒貶的旁觀者，他和所有的在場者一樣，成了一個持有傾向性的親歷者和參與者；而老托爾斯泰走得更遠，他離家出走，走到了遠到無人知曉的一個風雪小站，他那被俄羅斯的嚴寒凍得通紅的鼻子，我們在他那面「俄國革命的鏡子」裏已經看得非常真切，托爾斯泰並不是一個旁觀者。

儘管如此，對於知識份子而言，旁觀者的身份仍然非常迷人。義大利的卡爾維諾雖然以行動知識份子自栩，但他還是免不了想在小說中嘗試一下旁觀者的滋味。1957年，卡爾維諾寫了一部《樹上的男爵》，這位打算在樹上度過一生的科西莫男爵，他試圖做一個「高高在上」的旁觀者。儘管他用心良苦，絞盡腦汁，然而，科西莫男爵在樹上的各種別出心裁的發明以及天才的權宜之計，最終造成的卻是路經男爵之樹的權貴、旅人的慕名而來，旁觀者已經變成了一個熱鬧的事件的中心人物。由此我不能不懷疑所謂獨立知識份子要努力成為旁觀者的企圖，內質上可能

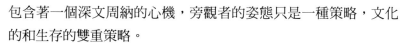

包含著一個深文周納的心機，旁觀者的姿態只是一種策略，文化的和生存的雙重策略。

當然，旁觀者三個字，還讓我想到了卡謬的《局外人》。那是一個真正的，處於漩渦中心的「局外人」，一個旁觀者。但在所有的旁觀者中，他又不期然地做了那最悲慘的一個。有了類似《局外人》的經歷之後，誰還敢再聲言自己是一個旁觀者？陀思妥耶夫斯基在《女房東》裏也曾經寫過一個內心裏懷有「旁觀者」傾向的主兒，但是，結果怎樣呢？「他也有一個無意識的渴望，想著自己擠入這個對他是奇妙的，後來由於藝術家的本能而理解——也許正確預知的生活裏。他的心開始帶著愛戀和同情的渴望而自然地悸動。」而他接下來的痛苦更在於，「他感到沮喪和不幸，他對自己的整個生活、工作，甚至前途充滿了恐怖……他突然產生了一個意念，他整個生命已經孤獨了。」然而孤獨者卻並不是旁觀者，所以在我看來，事情遠不是這麼簡單。

在任何年代裏，旁觀者的身份都是自以為是的「旁觀者」們的虛擬，如果一定要認定它存在，那也只是奇妙而又充滿玄機的中國套盒中的一層，沒有誰能夠逃脫在場者的負擔。放縱山林不能，隱身學院同樣也是徒勞。在這裏，卡之琳的名詩也許正可以成為自以為是的「旁觀者」的讖語：你在樓上看風景／看風景的人在橋上看你／明月裝飾了你的窗子／你裝飾了別人的夢。明月、風景、人和夢，誰是誰的旁觀者呢？所謂冷靜地、客觀地、平和地、理智地欣賞、研究，或者悠然自得地、了無掛礙地、無傷大雅地體驗著做旁觀者身份的種種好處，是根本不可能的。我的意思是，一個真正的純粹的旁觀者是不存在的。

隱居者

　　字面上的意思，隱居者就是一個藏起來的人。但是歷史告訴我們，問題並不是這麼簡單。隱居實際上是一個非常複雜的工程，而且主體材料是人，所以尤其複雜，什麼大隱隱於朝，中隱隱於市，小隱隱於山林，聽起來好像迷宮裏面曲折的叉狀神經，如果沒有超人的機巧，是做不了隱居者的。當然，光有機巧也不夠，還得有一定的聲名，才有隱居的資格；隱的對應態是顯，所以籍籍無名者永遠都不要去想隱士的風光。隱，而且風光，做到這一步就算隱出了名堂。

　　做一個隱居者同時還要隱出點名堂來，這第一步就得先讓人知道：「我要隱居了。」第二步才是找一個地方把自己藏起來。這有點像小孩子捉迷藏，一、二、三，數到十，我藏起來了，你們找吧。那個藏得最深最久的孩子，就成了一個隱居者，因為滿城的人都在找他，都在喊著他的名字，久而久之，他就成了一個著名的隱居者。

　　第一步顯然很容易做，只要你是拿到了資格證書的達官顯貴社會聞人，衝大家喊一聲「我要藏起來了」就行了，至於為什麼要藏起來是不必說的，一說就沒意思了，當然也就很難隱出名堂。不過，真正的名堂在第二步，怎麼藏、藏在哪以及藏多久，都大有學問，大有心機，大有名堂。草籬茅舍、茂林修竹，山色有無中，人跡罕至處是一種；改名換姓，易裝易容，破帽遮顏過鬧市是一種；突然消失無跡可尋謎語高懸是又一種；但不管是哪

一種隱法，都須是能讓自己看得見別人，而別人卻看不到自己；同時還得不斷地散佈消息，說是此地或者本城有一個隱居者，乃一高人。謎語隱隱，疑陣重重，卻不見真人。讓別人揣惻打探，滿世界去找，著急上火，而自己躲在那裏偷著樂。隱到這種這境界，算是已經隱出了一點名堂。

中國古代的隱居者，大多是以玩這種名堂而著名的。當然，他做隱居者是有原因的，譬如紅塵失落，譬如仕途失意，不過，最著名的還是對皇上失望：我原是一片忠心啊，但你卻一點都不理解，我也懶得說了，我也懶得看了，藏起來算了。其實，藏起來的本意不過跟權勢者使使小性子，目的還是讓人記得他，憐惜他，重視他，真找得急了，他自己就會跑出來。可惜的是，自古以來，似乎很少有讓隱居者自己跑出來的機會，慢慢地他就真成了隱居者——著名的隱居者。西方當然也有隱居者，不過不像中國這麼世俗化，在他們那裏，多和宗教有關。隱修院（也叫修道院）就是宗教隱居者的所在；據說在西元二、三世紀，常有教徒避居曠野獨自修行，後來逐漸發展成聚居一處的隱修院；除有宏偉的大教堂外，還有供修士獨自祈禱的小教堂以及其他設施，有些還兼營各種商業，擁有武裝，並且開辦學校，收藏圖書，甚至與王室關係密切，政治、經濟、文化、宗教全齊，名堂當然大了。有凱西默多敲鐘的那個巴黎的聖母院，就住了很多的隱居者。中國的隱居者，也有藏在寺廟裏的，香煙繚繞，廟產巨大，上通皇室，下延江湖，名堂多多。也正因為名堂太多，離隱居者的字面意思也便相去甚遠了。

不過，隱居的事情，大多發生在古代，現代社會裏，也許是人類的生存「氣候」已經大變，似乎不再適合隱居者這種動物生長。條條道路通羅馬，何苦使性子跟自己過不去呢。即便是有

人偶爾發一發隱者的幽思，甚或短暫地嘗試一下，也不過是做做姿態，伺機而動，以求一逞罷了。最近的例子，說是有一個北大的學生，一直藏在抽屜裏面，據說在北大校園裏算是隱得小有名堂，後來繃不住了，還是從抽屜裏跳了出來，譁然一時，再後來就沒甚麼大意思了。這就像那個藏起來的孩子，但藏得不是太好，藏頭露尾，被人看到於是大喝一聲：別藏了，我已經看到了你的屁股，結果孩子被嚇得尿褲子。

最近聽說，互聯網是資訊時代裏非常好的隱居之地，隱姓埋名然後高談闊論以至危言聳聽或者胡說八道，從網下隱到網上，算是一種新的隱居之法，並且已經產生了許多著名的隱居者。他或者她，就在我們中間，或者就是我們的鄰居、同事、家人，但我們卻全然不知。這樣的隱居者，連古代的所謂大隱聽了，也會心羨意妒。不過話又說回來，在網路這個匿名的世界裏，每個人都成了隱居者，隱居又有什麼意義？如果捉迷藏的人都藏了起來，這遊戲就不好玩下去了，或者乾脆就變成了瞎子逮瞎子，只有等到了網下去瞪大眼睛。但是找誰呢？一個撥了電話關了呼機手機換了住址網址E-mail的人，也許才是一個真正的隱居者？但在現代社會裏，他實際上已經成了一個缺席者，無論他怎麼高喊著說他要藏起來了，卻沒人會來找他。這樣的遊戲，其實很無趣。

一個藏起來的人等於不存在，這是現在的遊戲規則。我是曾經發過隱居之幽思的人，甚至還寫過一篇叫做《大隱生涯》的小說，但是在明白了這一點之後，我就覺得自己很可笑。當然，也可能是我對俗世的歡樂戀戀不捨，如果完全絕望，情形肯定大不相同，沒準兒早就悄沒聲息地藏起來了。

逃避者

為數不少的朋友認為，我是一個過於羞澀的人；當然，與此同時，也有為數不多的朋友我把看成了一個怪異的傢伙。

前者的理由相當簡單，因為我很少出席那些隨處可見的正式或非正式的文人圈子的聚會，即便偶爾有幸忝列其間，我也只是叨陪末座，坐在一個不起眼的角落裏，頭深深地埋在懷裏，並且拒絕發言。我的名字偶或被發言者提到，而這又常常會使我臉紅。後者的理由當然也並不複雜，無非是說我悖於常理地不識抬舉、不留情面而已。

相比之下，我的自我評價也許更客觀些。我認為自己既不過於羞澀，也並非怪異之徒。羞澀的年齡於我早已經十分地遙遠，而「怪異」之姿這種專門用來誇獎高人與奇才的贊詞，我又如何擔當得起！坦白地說，我不過是不大適應這種文人圈子的聚會，僅僅只是不自覺地做了一個逃避者而已。當然，這和我的生活脫不了干係。長期以來，我一直居住在一個交通還算便利、郵政也很發達的小鎮上，生活憩淡而又平靜，視讀書與寫作為業餘。業餘的意思自然就包括寫亦可不寫亦可，所以非常地懶散；對文場的熱鬧與繁華所知了了，當然更加無從領略。即或偶然間江湖一現，也只是一個過客，一個聽眾。應該提及的是，另外還有一個澀於啟齒的原因，我怕我不知道文壇內幕、講不出文學道理，一開口就會變成一個露怯的「山客」。我並不是故意要表現得特立

獨行，我只是本能地在逃避。久而久之，我就成了這樣的一個逃避者。

　　當然，久而久之，人們也便承認了我這個狗肉端不上席面的圈外人身份。圈外人的好處是，不必逢人點頭稱師然後很衛生地握手，不會捲入文字械鬥，不需眉高眼低地在文壇奔走……而我也恰好樂得清閒。圈外的不利當然也顯而易見，永遠沒有人會為你做文壇鼓吹，這就意味著，在這個操作甚於創作的喧嘩與騷動之年裏，你幾乎永無出頭之日。不利之處甚至還遠甚於此。海南一家很有影響的刊物，集中刊出了我的一束作品，隨後恰有本省的文人同志到瓊一遊，該同志順嘴就批評了那家刊物的編輯，他的意思是我不在作家圈裏。我當然明白，因為我不在某一個圈子裏，我不是他們那一夥的，我沒有資格受到如此「禮遇」。但讓我不明白的是，我什麼時候說過自己是作家了？我宣佈過我要當某某省的作家嗎？我不是一直在做一個逃避者嗎？如果你們因此就認為我可能一不留神混成個作家，我真地感到十分害羞，再接著往下想那麼一想，我甚至感到害臊。

　　害羞與害臊的原因也很簡單，因為我早就不打主意成為什麼自以為是的作家了。所以我也只是短暫地害了一下羞、害了一下臊，然後就很平靜很坦然了。做一個逃避者，我已經感到非常地自在逍遙，我才不會流汗流淚地去搶你們的入場卷呢。慕啟之時，我正在自己的園子裏散步。在自己的園子裏，一個逃避者永遠不會有曲終人散後的擔心。

國家圖書館出版品預行編目

我們熱愛女明星 / 秦巴子著. -- 一版.
　-- 臺北市：秀威資訊科技, 2010. 08
　　面；　公分. --（語言文學類；PG0398）

BOD版
ISBN 978-986-221-518-0（平裝）

855　　　　　　　　　　　　　99010703

語言文學類　　PG0398

我們熱愛女明星

作　　　者 / 秦巴子
主　　　編 / 蔡登山
發　行　人 / 宋政坤
執 行 編 輯 / 蔡曉雯
圖 文 排 版 / 賴英珍
封 面 設 計 / 陳佩蓉
數 位 轉 譯 / 徐真玉　沈裕閔
圖 書 銷 售 / 林怡君
法 律 顧 問 / 毛國樑　律師
出 版 印 製 / 秀威資訊科技股份有限公司
　　　　　　台北市內湖區瑞光路583巷25號1樓
　　　　　　電話：02-2657-9211　傳真：02-2657-9106
　　　　　　E-mail：service@showwe.com.tw
經　銷　商 / 紅螞蟻圖書有限公司
　　　　　　台北市內湖區舊宗路二段121巷28、32號4樓
　　　　　　電話：02-2795-3656　傳真：02-2795-4100
　　　　　　http://www.e-redant.com

2010年 8月　BOD 一版
定價：290 元

讀 者 回 函 卡

感謝您購買本書，為提升服務品質，煩請填寫以下問卷，收到您的寶貴意見後，我們會仔細收藏記錄並回贈紀念品，謝謝！

1. 您購買的書名：＿＿＿＿＿＿＿＿＿＿＿＿＿＿＿＿＿

2. 您從何得知本書的消息？

　　□網路書店　□部落格　□資料庫搜尋　□書訊　□電子報　□書店

　　□平面媒體　□ 朋友推薦　□網站推薦　□其他＿＿＿＿＿＿

3. 您對本書的評價：(請填代號　1.非常滿意 2.滿意 3.尚可 4.再改進)

　　封面設計＿＿＿　版面編排＿＿＿　內容＿＿＿　文/譯筆＿＿＿　價格＿＿＿

4. 讀完書後您覺得：

　　□很有收獲　□有收獲　□收獲不多　□沒收獲

5. 您會推薦本書給朋友嗎？

　　□會　□不會，為什麼？＿＿＿＿＿＿＿＿＿＿＿＿＿＿＿

6. 其他寶貴的意見：＿＿＿＿＿＿＿＿＿＿＿＿＿＿＿＿

＿＿＿＿＿＿＿＿＿＿＿＿＿＿＿＿＿＿＿＿＿＿＿＿＿

＿＿＿＿＿＿＿＿＿＿＿＿＿＿＿＿＿＿＿＿＿＿＿＿＿

＿＿＿＿＿＿＿＿＿＿＿＿＿＿＿＿＿＿＿＿＿＿＿＿＿

讀者基本資料

姓名：＿＿＿＿＿＿＿＿＿　年齡：＿＿＿＿　性別：□女 □男

聯絡電話：＿＿＿＿＿＿＿＿　E-mail：＿＿＿＿＿＿＿＿＿

地址：＿＿＿＿＿＿＿＿＿＿＿＿＿＿＿＿＿＿＿＿＿＿＿

學歷：□高中(含)以下　　□高中　　□專科學校　　□大學

　　　□研究所(含)以上 □其他＿＿＿＿＿＿＿＿

職業：□製造業 □金融業 □資訊業 □軍警 □傳播業 □自由業

　　　□服務業 □公務員 □教職　　□學生 □其他＿＿＿＿＿＿

秀威與 BOD

BOD（Books On Demand）是數位出版的大趨勢，秀威資訊率先運用 POD 數位印刷設備來生產書籍，並提供作者全程數位出版服務，致使書籍產銷零庫存，知識傳承不絕版，目前已開闢以下書系：

一、BOD 學術著作—專業論述的閱讀延伸
二、BOD 個人著作—分享生命的心路歷程
三、BOD 旅遊著作—個人深度旅遊文學創作
四、BOD 大陸學者—大陸專業學者學術出版
五、POD 獨家經銷—數位產製的代發行書籍

BOD 秀威網路書店：www.showwe.com.tw
政府出版品網路書店：www.govbooks.com.tw

永不絕版的故事·自己寫·永不休止的音符·自己唱